DP

中文 A 文學課程
文學分析優秀範文點評

Chinese A Literature Course Guided Literary Analysis
Exemplary Essays with Personalised Comments

李萍　蘇媛　彭振　編著

第二版｜繁體版

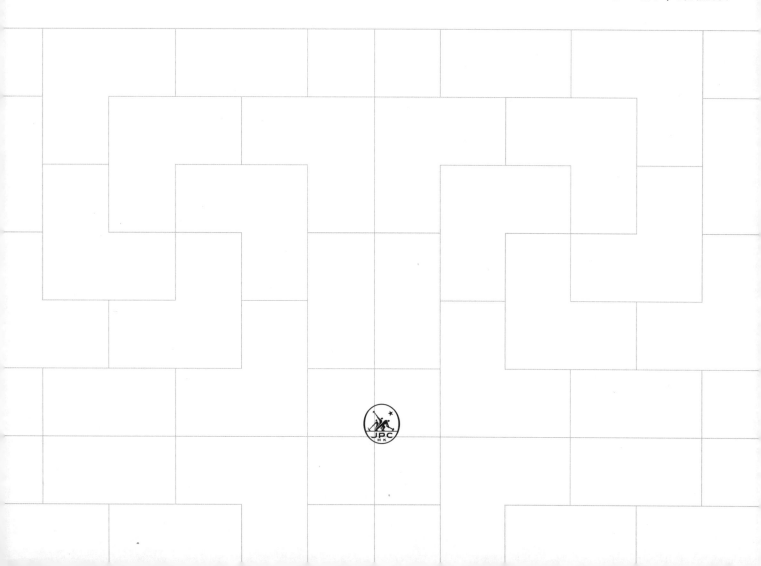

目錄

前言

在全球疫情反覆不定的情形下，IB 在 2020 年至 2022 年期間連續三年官宣完全或是部分取消了考試，留下的唯一正式卷試項目，便是試卷 1 的"有引導題的作品分析"，IB DP 考生寫好試卷 1 的重要性，因此赫然突顯。

我們很慶幸 2015 年香港三聯書店出版的本書首版，因暢銷曾數次加印。此次第二版重新作出了全面的改編修訂，期待能為大家持續提供幫助。書中所編選的 IB DP 中文 A：文學課程試卷 1 分析文章，均依據 2019 年 IB 最新頒佈的《語言 A：文學指南》中試卷 1 的四項評估標準 A-D，經過了認真的對照整合、重新收集編寫，力求每一篇範文的切題取向、寫作思路、筆法和語體文風等，均能最為精準地切合評估標準，確保其能起到提供範例的作用。值得一說的是，在作者隊伍中增加了第三位來自第一線教學經驗豐富的 A 課程專業教師和資深 IB 考官，這給新版範文集的成書帶來了更加貼近 IB DP 課程考核要求的嶄新感覺與想法。

編選說明

本書中每一篇範文均保持首版中設定的由"作品原文／作品分析／點評"三部分組成的構成方式。"作品原文"即試卷 1 的真題原文，供考生閱讀；"作品分析"即考生依據卷尾設定的引導題寫出的完整文章；在每篇範文之後，均附上編者的詳細"點評"，指出與作品相關的文化背景，釐清寫作思路，適時結合評析近年來文學課程的出卷走向、特點和規律，並不忘提醒考生詩歌、小說、戲劇或散文因文學體裁的不同，評析時應予重視的某些難點和要點，再評說範文中的亮點和切合評估標準且可資借鑒的地方，為何（如何）值得學習與參考……這三部分的組成，可視為一個完整的試卷 1 寫作教學小單元。

本書共選編了 22 篇試卷 1 的作品分析，涵括了詩歌、小說、散文、戲劇四種文學體裁，另附加了第五編可提供考生們實操練習使用的一組共四種文學體裁的 7 篇練習示例，依照《語言 A：文學指南》中的指引，模擬真題卷的出題方式，逐一設定了一道引導題並隨附若干"寫作提示"，旨在為考生們指點思考的走向以及很快鎖定下筆時需要關注和回應的要點所在，希望能提高實戰寫作演練的時效性，以圖以最接近 IB 試卷的模式，幫助考生們做好應試的準備。

撰寫這些分析文章的考生們，有的本身具有良好的閱讀習慣和寫作能力，對作品有敏銳的感受和獨到的分析眼光；也有的考生文學基礎相對較弱，但經過兩年的課程學習和寫作訓練，取得明顯的進步。重要的是，他們最終都能在 IB DP 課程的學期、學年考核或是模擬及正式考試中獲取佳績，得到充分的肯定。因此，相信本書所編選的範文，對不同起點和水準的考生，都具有參考價值。

使用建議

我們建議考生在兩年的 IB DP 課程學習中，持續參閱本書，讓它真正成為考生寫出符合評估標準、高品質作品分析的好幫手。在此建議以下幾種使用本書的方式：

一、備好紙筆，細讀作品原文。首先，依據你的閱讀領悟，尤其是對作品原文中特定的時代、環境和人事、景物的認識，歸納並寫出評估標準 A 中考生"對文本的理解並從其含義中得出合理的結論"，用精煉的文句或思維導圖，寫下（畫出）你認為作者在作品中展現了哪些內容（What?），試圖表達怎樣的主題含義（For what?）；其次，根據評估標準 B 中要求的"分析和評價文本特徵和／或作者的選擇如何建構了意義"，參閱引導題的提示，磨利目光，喚醒感覺，細心鑒別和體察作品中作者採用的"某（哪）種核心的技巧"或是對建構文本的語義起到重要作用的"某種形式要素"，找到啟動分析的切入口。

二、比較評估。完成以上兩個步驟後，細讀範文並與自己的理解和擬出的構想作出仔細的比較對照。這種比較能測試出考生（尤其是初學者）的實際水準及是否掌握到分析的要領。考生可以藉此反思：範文有哪些值得自己學習和借鑒之處？能否有別於範文作出更令人信服的別樣分析？……這種思考可以伴隨著細讀點評一個段落，考生可以在自己的"學習者檔案"中做下學習軌跡和心得感悟的記錄。如此順頁逐篇，必定能加深自己對作品原文的語境、主題追求、篇章結構和藝術技法越來越深入到位的掌握和理解。

三、研讀範文。可準備幾支不同顏色的熒光筆，分別代表評估標準 A、B、C、D，分別劃出這幾項標準在範文中的具體體現，特別是你認為可資借鑒的地方。邊標示邊對照評估標準。例如，評估標準 A 項主題的描述何在？範文裏是如何表述的？範文中提煉歸納了哪一（幾）種評估標準 B 項的核心技法？使用了哪些形式要素？評估標準 C 項篇章段落關鍵連接之處是如何搭建的？評估標準 D 項有哪些富有文采而又精準到位的漂亮表達？如此等等。通過這樣細緻的分辨探研，考生既可以體會到範文得高分的成功所在，還能夠藉此加深對四項評估標準的把握和理解，這正是保證寫作成功的先決條件。

　　我們由衷期望本書能成為一本具有實用性和實戰指導意義的 IB DP 文學課程用書，希望考生們能讀有所悟，學有所得。通過研讀和參閱，考生們應能樹立起這樣的信心：應對 IB DP 文學課程的考試，需要良好的文學天賦和文學觸覺，但藉助堅持不懈的日常訓練和虛心汲取實實在在的優秀經驗，也能讓我們到達成功的彼岸。本書的價值和意義正在此中！

編者

2022 年 12 月

第一編　詩歌分析

1. 我站在遠處看見了故鄉的橋

【詩歌原文】

我站在遠處看見了故鄉的橋。
我看見橋上的風吹來吹去
但橋上的風，不是風景。
橋上的行人大都與附近的村莊
有關，他們走在橋上
就像橋走在河上。他們
比風具體，是橋的半個主人
他們追不上汽車，也不想
追趕汽車。我站在遠處
看見了故鄉的橋，石頭的
縫隙，藏著昆蟲的歌
夜晚降臨，橋上安靜而又隱秘
黑暗中的安靜和隱秘
彷彿河水，不緊不慢地
流淌，彷彿不曾存在。
我站在遠處看見了橋上的
徘徊者，一個少年
把故鄉承載不了的命運
背在身上：他心中的
風，呼呼地颳著
他要與心中的風一起飛翔。

——王夫剛，2004 年 5 月

請分析詩歌中的核心意象及其作用。

【詩歌分析】

風吹向哪裏就去哪裏
——詩歌《我站在遠處看見了故鄉的橋》賞析

"胡馬依北風，越鳥巢南枝"，講的是一個人無論走到哪裏，心裏總眷戀著故鄉。《我站在遠處看見了故鄉的橋》正表達了這樣的一種遊子情懷。當外部世界的繁華和誘惑像風一樣吹進了故鄉小村，年輕人都離開了它。但是，他們雖身在遠方，卻能透過空間和時間上的距離看見故鄉：故鄉出現在模糊的記憶中，出現在依稀的夢裏，那裏有他們的父老鄉親、兒時癡迷的遊戲，以及年少時懷揣夢想的自己。

這是一首充滿感情的詩。詩中的核心意象"橋"連接了那些被寄予了獨特故鄉色彩的事物，使情與物相隨、物伴事變化，將抒情與敘事結合了起來。"橋"是溝通小村與外面世界的一條紐帶：當"我"離開家鄉時，最後看見的景物就是通向外面的橋；而當"我"回到家鄉時，第一眼看見的，也是"故鄉的橋"。在詩中，看見了橋就看見了自己和故鄉之間的聯繫，看見了與故鄉母親之間的那根無形的臍帶。"橋"這個意象飽含著"我"的感情，而把"橋"放在敘事中，敘事本身也就有了情感。

同時，詩歌中的關聯意象"橋上的行人"與"我"的故鄉有關，就和"我"產生了聯繫。身在遠方的"我"看見"橋上的行人大都與附近的村莊／有關，他們走在橋上／就像橋走在河上"。"行人""附近的村莊"是"我"的父老鄉親，是童年的玩伴，是親朋好友，是能讓"我"想起那些曾經溫暖的時光的人與事。在這裏，人與橋、橋與河產生了微妙的關係："河"是"村莊"與外界之間的隔閡，而"橋"搭建了連通的可能，"橋走在河上"意味著"橋"把"村莊"和小村裏的"少年"帶出了千百年的閉塞，是他們乘風起飛的地方。所以，"我"的感情投射，通過以"橋"為核心及圍繞周邊的系列關聯意象作為載體，貫通並且浮現。

"故鄉的橋"建立了一種清晰的鏡頭感。"看見了故鄉的橋,石頭的／縫隙,藏著昆蟲的歌。"這處富有畫面感的描畫,恰似電影鏡頭由遠而推近——先看到了"故鄉的橋",然後是橋上的"石頭",到石頭的"縫隙",推近到縫隙裏的小小"昆蟲",再聽到"昆蟲的歌"。只有孩子才會去扒開石頭捉縫隙中的小蟲,而這鄉村孩童平凡生活中的細節,頓時造就一股存活在記憶之中濃濃的童趣意味撲面而來。"我"對故鄉童年生活的強烈思念不言而喻,都隨細節躍然紙上。

最後,"故鄉的橋"建立了一種和現實的差異與對比。儘管故鄉千般好,但是村莊中的人們"他們追不上汽車,也不想／追趕汽車""黑暗中的安靜和隱秘／彷彿河水,不緊不慢地／流淌,彷彿不曾存在",不思追趕,隱秘且緩慢,一如黑夜中的河水。作為溝通著外面世界與古老村莊的"橋",橋上的風帶來新生活的新信息、新氣象,村莊生活的停滯不前和嚮往外面世界的"我"形成巨大的反差。背負改變家鄉落後現狀的夢想的"我",選擇乘風起飛離開家鄉,最末幾行詩句彰顯的昂揚向上的情感基調,給人以鼓舞,給人以期待和希望。

"我站在遠處看見了故鄉的橋",那麼,遠處有多遠?通過上面的分析可以看出,詩人並沒有在現實中看見故鄉的橋,不過是在千萬里之外的他鄉,隔著數十年的時間懷念故鄉的物與景、人與情。橋也許不在了,但它會因為懷念而出現在"我"的心中或夢裏,給人溫暖和慰藉,給人前進的動力。時代的風吹到哪裏便去哪裏吧,那繁花似錦的他鄉,理想實現的地方,何嘗不是另一故鄉呢?

 ## 點評

《我站在遠處看見了故鄉的橋》屬於一首主題常見、懷舊情感濃郁的詩歌,考生在考試現場理解詩歌基本含義沒有太大的障礙。無論是考生理解的"故鄉"概念上的時間和空間距離,還是現實與記憶空間,亦或是考生在第五段非常敏銳地點出了故鄉人群中兩種矛盾的思想——追風少年對自由的追求和對"母體"的脫離渴望與主體人群的安逸、舒適和固守,考生都試圖從多方面對主題理解進行"突圍"。

在對"某一形式和手法技巧"的回應上,考生牢牢抓住"橋"和橋的關聯意象，進行論述分析，且特別細膩地感受到了意象和關聯意象的使用所帶來的鏡頭感和對比感，很有個性化的見解。

在行文結構上（評估標準C），文章的開頭和收結都緊緊地踩住評估標準A，對主題進行多方面的闡述，文章的主體部分二、三、四、五段都對引導題中的意象使用和效果（評估標準B）從各個維度進行分析，且語言流暢準確，更帶來了一種溫暖和溫度（評估標準D），這對於一個十八九歲的學生來說，未曾經歷與故土的分離，就有如此深切的感受，非常難得。

【給老師的教學提示】

最後，特別想和老師們與考生們分享的是，這篇分析很好地表現出了考生對詩作中故鄉和外面的世界／曾經的“我”和現在的“我”兩處不同時空的強烈意識，其中還融入和體現出對抒情主人公自我身份、不同文化經歷產生的影響的理解，通過創造性地巧用中心意象“橋”，成功凸顯全詩的主題。這是一篇很好地展示對新課綱引導“三大探索領域”和“七大概念”之探究成果的好示例。在圍繞詩歌典型要素進行文學分析的過程中，這篇範文至少能帶給我們這樣幾點啟示：

第一，始終注重詩歌的濃縮文字中無限寬廣的時間維度和分界：詩人經歷的過去與現在；童年、青春與成年；白天和夜晚。

第二，關注詩歌中鮮明的空間維度：橋的這邊和橋的那邊；橋上和橋下（河上）；橋的遠處與附近；故鄉與外部的世界。

第三，關注在時空擴展下不同的“我”，曾經和現在的觀點和感受，不同文化經歷背景下的角色身份——“追風少年”和遙遠的“回望凝視反思者”。

第四，關注詩歌中的敘事主體和抒情主體的關係，是雙生共存還是合二為一；同時，在分析時，不忘傳統詩歌文學體裁中的畫面感塑造方式（動靜、遠近特寫鏡頭），意象和意象群的作用，以及詩歌的音樂美、建築美（回環復沓、重複）等。

如果我們能從有限的歷年真題中獲得多元的體會和感悟，形成有效的試卷1的應對方法，那麼將會事半功倍。

2.父親老了

【詩歌原文】

父親老了，他在想些什麼
他的話越來越少

他坐在窗前
臉色陰沉

我真的希望
老了的是我，不是父親

我老老的坐在窗前
看見年輕的父親帶著他漂亮的女友

到鄉下看望
他年邁的父親

——楊森君，2004 年

引導題

　　請說出詩作是如何通過獨特人物形象的設定，表達出對社會中某種人際關係的觀察與反思的。

【詩歌分析】

詩評《父親老了》

　　珍惜雙親和恪盡孝道，是中國詩歌創作中一個歷久彌新的永恆抒情主題。詩人楊森君的作品《父親老了》，凝練而沉重的氣氛再一次觸動心扉，令人百感交加。詩人抒寫了身處城鄉兩地、兩代父子形象，說出因為時空及文化差距，造成彼此間難以保持精神往來和交流的嚴酷現實，潛流而出的是對年歲無情流逝、父親垂垂老去的感歎與唏噓，亦有抒情主人公"我"一份未能恪盡孝道的反省和自責。此詩僅用簡短五節一共十行詩句，在前後翻轉、時空穿越的結構方式中，設定並推出父子二人的鮮明形象，通過彼此角色的相互切換，造就出鄭重而誠懇地告誡世人務必珍惜親情，莫等到"子欲養而親不待"的真實效果。

　　《父親老了》一詩中塑造了兩個人物形象，成功通過其間存在的鮮明反差，形成強烈對比，激蕩陣陣漣漪，敲擊讀者的心扉，進而凸顯上述主題。詩作的成功，首先得助於詩人運用了蒙太奇的手法，剪裁並連接了生活中兩個耐人尋味的片段：一個取材於現實場面；另一個取材於想象的情景，寓意深邃，發人深省。詩人首先用首兩節篇幅，勾勒了一幅孑然一身的已經"老了"的、"話越來越少"的"父親"，沉靜地安坐在鄉下家居可眺望遠處窗邊的畫面："他坐在窗前 / 臉色陰沉"，寥寥兩行，開門見山點明了什麼人、身在何處及怎麼樣。有場景環境，有姿態神情，言簡意賅，生動傳神。筆墨含蓄間，抒寫對象"父親"的苦悶與孤獨，透過紙背而溢出，為全詩營造出了一種抑鬱的氛圍並形成鋪墊，以與詩歌的下半段形成反襯和對比。

　　緊接著，作者巧妙地運用轉折段"我真的希望 / 老了的是我，不是父親"，其中"真的希望"一句作為伏筆，引領推出了其後由這一份真情實感而生發出來的純屬虛構的情節："我老老的坐在窗前 / 看見年輕的父親帶著他漂亮的女友 / 到鄉下看望 / 他年邁的父親"。這裏，場面依舊，但"我"與"父親"的身份瞬間互換，仍是"老老的"傍在窗前等待著"年輕的"兒子來訪的，不再是父親而是"我"，迎面而來手挽著漂亮的城裏姑娘的，正是"年輕的父親"！似真似幻？是父？是"我"？一時間迷離不清。詩人的述說，以這種兒子"我"直接代入到父親角色之中的方式，成為該詩最令人讚歎的奇異妙筆。"我"在幻覺中，設身處地想象出自己正是老去的"父親"，徹悟了面對兒子探望時內心能有的那份由衷的高興與滿足，因感同身受而驀然頓悟了年老的"父親"希望兒子給出多一點關心、多一點探望的卑微而真實的渴求。這首詩正是以這樣匠心獨具的結構呈現，不依時間順序推移，而是遵循情感與想象的邏輯，大膽運用我們經常在科幻影視作品中看到的現實與想象靈動跳躍、穿插而交織的充滿創意又頗帶魔幻色彩的手法，憑藉不同角度來感受和體味世間人事，在鏡頭的淡出和切入中，充分強化渲染了詩歌作品特有的天馬行空、富於聯想的特質。作為讀者，我們由父子二人的形象設定和推出中，感受到詩歌作品靈感所至、信手而成的飄逸美妙。

掩卷深思，《父親老了》似結未結，餘音嫋嫋。父母陪我們長大，送我們遠行，而我們自當時刻不忘故鄉窗邊滿帶期盼的老了的父親，常回家看看！

點 評

發生在中國大地上四十多年的改革開放，推進了中國城鎮化建設的飛速發展。社會形態的巨大改變，無可避免地體現在中國傳統家庭和親情關係的一系列變更和重新審視上。鄉鎮（村）中越來越多的年輕子女離開從小生長的故土，前往大城市工作、生活，尋求個人發展，身後留下了年老的父母和久別的家鄉。進入 21 世紀，這種情形成為越發引人關注的社會現象。

正如我們所知，IB 課程倡導學生注重將課中所學與自身所處的社會環境和文化語境之間建立相互連接，並且明確作為學習者與所處世界的依存關係。所以考生在讀到這一份試卷之時，應該要能夠調動自己的生活觀察和常識，在同樣作為現實生活中的有心人這一點上，令作為讀者的自己與作者楊森君之間，藉助詩篇《父親老了》產生出心靈感應，不約而同地獲得認知和情感上的共鳴，完成讀者、作者和文本之間預期的交流和轉化。

以上這篇詩評在文本思想內容之正確而到位的理解上令人滿意，確保了評估標準 A 項不丟分。在正文的段落中，考生分析並評價了詩人發散思路、揮灑靈感、不拘一格、融會貫通的各類手法，篇幅極短卻言簡意賅，成功呈現出父子二人的鮮明形象以及詩中抒情主人公 "我" 的一份複雜情感。

文章啟示我們，對社會生活常識的關注和積累不可或缺，對各式各樣文學藝術作品創作技法（巧）的了解和知曉多多益善。願大家書到用時別恨少，從容評說見分曉。

3. 一個音符過去了

【詩歌原文】

一個音符過去了
那個旋律還在飛揚，那首歌，
還在我們的頭上傳唱

一滴水就這麼揮發了
在浪花飛濺之後，浪花走了
那個大海卻依舊遼闊

一根松葉像針一樣掉了
落在森林的地衣上，而樹林迎著風
還是吟詠著松濤的雄渾

一隻雁翎從天空中飄落了
秋天仍舊在人字的雁陣中，秋天仍舊
讓霜花追趕著雁群南下

一盞燈被風吹滅了
吹滅燈的村莊在風中，風中傳來
村莊漸低漸遠的狗吠聲

一顆流星劃過了夜空
頭上的星空還那麼璀璨，彷彿從來如此

永遠沒有星子走失的故事

一根白髮悄然離去了
一隻手拂過額頭，還在搜索
剛剛寫下的這行詩句 ——

啊，一個人死了，而我們想著他的死
他活在我們想他的日子
日子說：他在前面，等你 ……

——葉延濱，2005 年 7 月

 引導題

　　請評價此詩作如何通過意蘊豐富的意象之間的對比書寫，傳遞出深刻的哲理。

【詩歌分析】

逝去與永恆
——淺析《一個音符過去了》

　　蘇軾在《赤壁賦》中曾以江水、明月為喻，提出"逝者如斯，而未嘗往也；盈虛者如彼，而卒莫消長也"，揭示了自然萬物的變與不變之理。的確，大自然雖瞬息間變化萬千，但卻是生生不息，永恆長存。葉延濱的詩歌《一個音符過去了》正是通過描繪大自然和人類社會中不同事物瞬間的消逝及其背後的永恆，以一種宏觀的展望和微觀的闡釋，傳遞出一份濃郁的哲思。詩歌選取了大量的自然意象，並由物及人，通過巧妙的意象對比組合和象徵手法的運用，形象揭示了逝去與永恆之間的辯證關係，引人深思。

　　縱觀全詩，詩人以對比的手法組合起了八組不同意象，揭示出由個體之逝引發的整體之思。詩歌由已逝去了的"音符"與仍在傳唱的"歌"這兩個意象之間的對比組合總起，既扣題，也奠定了全詩"哀而不傷"的情感基調。詩歌主體部分則由聽覺意象轉向視覺意象，寫到"水""松針""雁翎"等自然界的不同事物，將代表它們生命完結的"揮發""掉"和"飄落"等狀態與它們所歸屬的整體之"遼闊""雄渾"和"南下"等極富生命力的狀態構建起雙重對比——既有生命的消逝與永恆的比照，也有自然之個體與整體的對舉，零散的意象因為這種對比組合而具有了某種內在的統一。但作者並未就此停住，相較於"水"之揮發、"松針"和"雁翎"之落，"燈"之滅與"流星"之逝的速度進一步加快。"燈滅"之寂靜與"狗吠聲"之"漸低漸遠"的回響再次構成對比，"狗吠聲"這一聽覺意象如"松濤"意象一樣，在一眾視覺意象中一閃而過。作者將觀察推物及人，最後直指浩瀚宇宙，通過流星"劃"過之轉瞬即逝與星空"璀璨"之浩瀚無窮，將點與面、變與不變之狀態對比推到極致。詩歌收尾部分，作者將視角再次由物轉回到人，落筆於抒情主體之"手拂過額頭"的細節，將白髮之"悄然離去"與手之"還在搜索"再次對照，在時間流逝不停與生命探尋不止之間構築起一種強大的張力，引出了結尾直抒胸臆的感歎和議論——生命雖會終結，"日子"卻不會停步。總之，密集的意象組合不僅描繪了一幅幅自然和社會生活的細微畫面，更是在重複的對照中為全詩建構起一種內在的凝聚力。值得一提的是，在進行意象的對比組合時，作者不僅重複運用"一……了"的句式，有效藉助數詞"一"和助詞"了"來強調個體之細微與狀態之變化，還運用了"還在""依舊""還是""仍舊"等副詞來加強語意轉折，點明這些逝去美好的表面和實質之間，存在著暫時與永恆、微觀和宏觀的命題以及辯證關聯。

　　除了通過對比將一組組意象構築成一個有機整體，詩人還賦予了筆下的諸多意象以深刻的象徵意義，使得隱藏於自然變化背後的深刻哲理得以突顯。較之"水""松葉""雁翎"這些自然意象，由人類創造出來的"音符"本身就具有象徵意義。作為五線譜中最重要的元素，它的起伏跳動和長短變化，很容易讓人聯想到生命的律動。詩歌結尾寫到死亡，與詩歌開頭音符所象徵的生命律動之"過去"形成呼應。末句用擬人的手法將"日子"刻畫為一個智者，一句"他在前面，等你"，道出了面對死亡的另一

種態度 —— 死亡並非意味著生命的消逝和終結，無限的個體終將 "重逢" 在時間的永恆長河裏。詩人筆下這個叫做 "日子" 的智者，象徵的正是時間的永恆。在首尾的整體象徵框架下，詩歌主體部分的意象群的象徵意義也被進一步放大。正因為 "揮發" "掉了" "飄落" "吹滅" "劃過" "離去" 等動詞都代表著某種生命的消亡和逝去，作為這些動詞主體的水滴、松葉、雁翎、燈盞、白髮，都具有了象徵時間流逝的意味。而 "大海" "森林" "雁群" "村莊" "星空" 這一系列代表著個體所歸屬的整體的意象，則象徵著永恆的美好，它們正是抽象的時間之永恆的某種具象化。通過賦予眾多意象以象徵意味，作者揭示了作為個體的生命律動可能會過去，但作為整體的生命存在及其律動卻永不會停歇的深刻哲理。

古詩云 "人面不知何處去，桃花依舊笑春風"，展示的就是具有永恆性的時間的力量。葉延濱的詩歌《一個音符過去了》通過意象的對比組合和象徵，將逝去與永恆之理，以一種形象而直觀的方式呈現在讀者面前，也讓人不禁深思 —— 在這個萬物依舊而人非的世界裏，真正流逝的，到底是時間還是一個個的 "我"？

點 評

此詩通過精選生活中一系列常見的日常細節，排比而成一組富有哲思意味的意象，點明萬物之繁衍生息，自有其內在的定律，揭示出世間所存在的小與大、輕與重、短與長，亦即個人與群體、個體與宇宙、瞬間與永恆、微觀與宏觀之間的辯證關係，從而展示出一種豁達而通脫的人生觀和宇宙觀。

以往大多數的 IB DP 詩歌卷中的選篇，多見以一個核心意象貫穿全詩。此首詩歌則從生活場景和自然界中選取了一系列的豐富意象，在內容上以點帶面，包羅萬象；在結構上，看似獨立卻又形成了整體上的醞釀鋪排之勢，逐層深入並推至最後兩節的高潮。意象的對比組合及其具有的豐富的象徵意味，使得整首詩歌充滿了哲思。

此篇評論，考生準確抓住了詩歌的核心，梳理歸納出系列意象間的聯繫，對詩歌中對比運用和象徵手法分析細緻，對手法之於表達哲思的效果也有精準把握，可謂是明確回應了引導題中的 "意蘊豐富" "對比書寫" 和 "深刻哲理"

這三個核心關鍵詞。具體來說，在主題理解和詮釋上，考生能夠挖掘出逝去與永恆之間的辯證關係，做到了思考的由表及裏，很好地捕捉到了作者寄寓在自然界中變化種種背後的深刻哲理，並能夠結合精選的文本進行詮釋；在技巧分析方面，考生能夠從意象類型、意象組合方式及詩歌句式等幾方面來具體回應對比手法，分析象徵手法時能結合意象本身的特點對象徵意義的生成過程作出細緻回應，展示出對這兩種重要技巧及其對主題表達的效果的準確理解；在重點與組織方面，考生能圍繞意象這一核心，從對比與象徵兩方面著眼展開，做到了條理清晰、重點突出；在語言上，考生能夠精準地運用各種文學術語，語體得當，表達流暢。從這篇文章可以看出，對文本的敏銳感受力、對文學技巧的準確理解和全面儲備，邏輯條理意識和扎實的文字基本功，都是快速完成一篇優秀的文學分析不可或缺的條件。

此外，值得一提的是，考生在首尾段都恰到好處地引用了名家名言，不僅通過名言之理來輔助展示出對詩歌主題的深刻理解，也很好地體現出了文本解讀的“互文性”。這種“引經據典”的寫法非常值得學習，加強名篇名句的積累和儲備，對於在文學分析寫作中適時利用“互文性”來增強理解的深刻性，會是非常有幫助的。

4.椅子

室內，一張椅子
在過午的陽光下，佇立
等待屬意她的人來落座
時間，被擦拭、打過蠟般
發亮

無法想象這人如何穿著
尋常紡織的卡其布服？
隨風迤邐的曳地羅裙？
法蘭西絨條紋的西褲？
廝磨褪色粗硬的 Jeans？
沒有預示，毫無先兆

跨大步的分針，追趕邁小步的時針
在日影敧斜中，椅子開始扭動變形
高瘦的椅腿，奇幻的修長
門緊閉、窗半敞的屋子
沒人走過，一切靜默無聲
只見椅子腿不斷加長
快跨出室外去了
椅子，繼續顛倒夢想

一匹黑影，冷不防自窗外躍下

篤的一聲，跳上椅墊

從發出輕微咕嚕的喉音裏

椅子，吃驚的明白過來

她，終於等到了久候的嬌客

一頭貪睡而自在的

貓

—— 張香華，《中國時報》人間副刊，1998 年

引導題

詩歌如何通過擬人的手法賦予一把椅子獨特的情態與思想？

【詩歌分析】

現實與幻想的午後奇思
—— 淺析詩歌《椅子》

人總是對未知的幸福充滿幻想和奇思，在期待中等待。在張香華的詩歌《椅子》中，這把被人格化了的椅子也一樣。詩人巧妙藉助擬人的手法，賦予了這把椅子以人的情態與思想，並通過多種意象的組合和意境的建構交織，為讀者生動地描繪了一場幻想與現實共舞的午後奇思。

開篇詩人便點名了詩作的主角與場景："一張椅子在過午的陽光下，佇立"。一個"佇立"，一下子就把靜態的椅子給"激活"了。這樣平鋪直敘的開場可謂開門見山，直接把人物帶入了一個溫暖安靜的午後，營造出一種寧靜閒適而慵懶的意境。再加上"等待"無盡的時間和未知的落座者這一舉動，讓人感覺難免有些無聊和寂寥，詩人藉此良機，便將思緒自然引到了椅子在等待中所做的事情：幻想。"時間，被擦拭、打過

蠟般／發亮"，既寫出了椅面在光照下發亮的特點，也流露出等待者對光影緩慢挪動的細微感受。不難看出，第一節藉助"佇立"和"等待"兩個核心動詞，賦予了椅子以人的行為和心理，拉開了椅子奇思之旅的序幕。

如果椅子被激活是詩歌的"起"，那隨後的大膽想象就是"承"了。順承第一節的"立"和"等"，第二節表現了椅子的"想"。詩人使用滿載意象的四句排比疑問句，為讀者勾勒了椅子想象出的四種來客的衣著打扮，躍然紙上如若近觀。"尋常紡織的卡其布服""隨風迤邐的曳地羅裙""法蘭西絨條紋的西褲"和"磨褪色粗硬的 Jeans"，這四句，通過四種不同質地的服飾意象，讓人聯想到普通尋常客、長裙婉約的女人、西裝革履的商務男士、隨性休閒的路人等等不同形象。這四種打扮也對應了四種類型：尋常、柔美、正式和粗硬。羅列種種，實為具象化"椅子"的想象。"無法想象"和"毫無先兆"兩句更是直接表現了這些意象皆無端幻想、沒有依據，可以說，這樣的想象直接表現的是"椅子"的所思所期，它希望來者可以是這些穿戴整齊的各色人類。反問的語氣，配合四種截然不同的意象，詩作在生動展示出人格化的椅子所想象的內容之餘，還添入了一絲激人遐思的懸念。

伴隨著想象中的懸念，椅子的思緒也進一步發散。第三節開頭"跨大步的分針，追趕邁小步的時針"兩句承上啟下，以時間流轉為序，拉動著讀者們的目光與思維急轉而下。"日影敧斜"描繪了一個彌漫著睏意的溫暖午後。正是在這樣安逸的意境中，"椅子"的想象進一步昇華了。這裏詩人並未直接點明，而是通過描寫場景意象，製造出一個幻想空間的意境。"高瘦的椅腿""奇幻的修長"等句將由光影角度變化帶來的誇張影子述虛為實，表現了此幻想的肆意縱橫，從思維延展至現實。而"門緊閉，窗半敞"這兩個門窗意象則輔助製造了一個似有風拂來、溫柔愜意、"靜默無聲"的空間，惹人神思倦怠，開始白日夢。"椅子腿不斷加長""跨出室外"等句，不僅是在寫光影形變，也更是在寫椅子對來客的期待，甚至想去室外看看。時間與椅子的期盼一同拉長，也對應了進入自我境界的幻想。跟隨詩人建構的場景和意境，椅子的午後奇思漸入佳境，由"想"而"變"，意象意境之間也相輔相成，讓人彷彿身臨其境。

行文至此，由具象至抽象，也該回歸現實了。終於在第四節，詩歌出現了"突轉"，椅子如從夢中被驚醒。詩人用"一匹""篤"等字詞來繪形繪聲，寫出了椅子的想象如何被打斷，加之"冷不防"的驚訝心理，皆表現了來者的輕盈快速、來勢突然。簡練貼切的用詞選擇，令人讚歎。從"窗外躍下""跳上椅墊"等句中不難看出，這位坐客似乎並非人類。"椅子，吃驚的明白過來"一句再次運用擬人手法，表現了椅子對於發現來客是一隻貓時的驚訝。雖說是意料之外，但"等到了""嬌客"等用詞表明，椅子對於這位客人還是滿意的。沒有華麗衣著和整齊穿戴，但卻貪睡自在、輕盈可愛，現實雖與想象不同，卻也不壞。

《椅子》一詩，取材於尋常生活，語言綺麗精妙，手法生動有趣。藉助擬人化的椅子，藉助人性相通的想象來描畫期盼中的來客模樣，以此印證人類對未知事物的綺麗嚮往。由一張椅子的所盼所想出發，隨後進入自我境界，最後被現實打斷回歸。本詩在表現栩栩如生、奇妙的幻想場景之餘，也體現了現實與想象往往有偏差，但無論想象如何現實怎樣，結果也可以是不錯的安排。就像詩中的椅子最終等來了"嬌客"貓咪，詩人彷彿也在告訴讀者，生活中遇到的種種不確定性，大約即便意料之外，應該也不賴吧。

點評

　　語言表達上的凝練性和含蓄性，加之分節分行的排列形式，使得詩歌這種文學體裁的文學分析寫作較之於小說和散文，往往更具挑戰。但也正因為如此，從詩歌的分析中也更能看出考生在文學鑒賞方面的功力。這首詩歌取材於日常生活，能把一張普通的椅子和一隻貪睡的貓寫得活靈活現、饒有趣味，足見詩歌作者對於生活的細膩感知和超強的藝術想象力。在藉椅子的感受來寫人的感受的過程中，擬人手法可以說恰到好處地幫助這首詠物詩表達了特定生活情境下人物的某種情思。作為一種修辭手法的擬人倒不難分析，但要具體論述它如何在詩歌作品中賦予特定物象以人格化的特點，卻也並不容易。這篇評論看似循詩歌行文順序逐節分析，實則展示出對詩歌結構的準確把握，在解讀椅子由"立"而"等"，由"想"而"變"的縱向思緒過程中，考生很有"代入感"地"還原"出了椅子的獨特情思，輕盈靈動的文學分析方式和詩歌本身具有的趣味性可謂相得益彰。全文有焦點、有條理，各段段首的觀點句很好地起到了組織串聯的作用，對擬人、想象、意象和場景等手法也有準確的識別和分析，由"午後奇思"得出的關於現實與想象之異的結論也比較貼切，整體完成度較高。

　　這篇文章也在告訴我們，所謂的〝不要按行文順序〞或者〝逐字逐句〞來分析也並非絕對，關鍵還是要能識別出各部分之間的關聯所在。如果能找準焦點，恰當地概括出各部分之間的內在邏輯聯繫，即便是按照行文順序逐行分析，也同樣可以詮釋得很精彩。就像這篇分析，在聚焦擬人手法的同時，也展示出了考生對於詩歌結構特點的把握，而且最終都能落腳到主題理解上。這種事半功倍的寫法，值得學習。

5. 等巴士的人

【詩歌原文】

早晨的太陽
照到了巴士站。
有的人被塗上光彩。

他們突然和顏悅色。
那是多麼好的一群人呵。

光
降臨在
等巴士的人群中。
毫不留情地
把他們一分為二。
我猜想
在好人背後
黯然失色的就是壞人。

巴士很久很久不來。
燦爛的太陽不能久等。
好人和壞人
正一寸一寸地轉換。
光芒臨身的人正在糜爛變質。
剛剛委瑣無光的地方

明媚起來了。

神，

你的光這樣遊移不定。

你這可憐的

站在中天的盲人。

你看見的善也是惡

惡也是善。

—— 王小妮，《中國新詩白皮書》，2004 年

引導題

請分析詩歌中最突出的修辭手法及其對主題表達的作用。

【詩歌分析】

巴士、人，共存和轉化
—— 淺析詩歌《等巴士的人》

　　《等巴士的人》富有哲學思辨色彩，通過陽光下的巴士站這一意象，運用對比、拈連、移用、擬人、比喻等修辭手法將陽光和好人、陰影和壞人兩者結合在一起，抒發了詩人對人性、善惡的哲學思考。詩人運用虛實結合的手法，對比了光與暗、善與惡的概念，並以陽光的變換和時間的動態流動暗示著善惡轉換、糾纏的狀態。

　　全詩中，詩人多次採用對比的修辭手法，構成了一虛一實、互相對照的藝術效果，奠定了全詩光暗、善惡的強烈比較。詩歌運用了大量產生強烈對比的形容詞，將巴士站上陽光遊移的實景結合到善惡轉換的虛景上，如“有的人被塗上光彩。”“我猜想／在好人背後／黯然失色的就是壞人。”兩句詩中“被塗上光彩”和“黯然失色”形

成了強烈的對比，尤其是"好人和壞人 / 正一寸一寸地轉換。光芒臨身的人正在糜爛變質。剛剛委瑣無光的地方 / 明媚起來了。"這句詩中有多組強烈對比的詞語，如"好人"和"壞人"，"光芒臨身"和"委瑣無光"，"糜爛變質"和"明媚"，這些詞語將陽光的變換與人的善惡轉變交織在一起，讓日常的生活場景充滿了對人生的哲學性思考。最後一段的對比同樣鮮明，詩人用嘲諷的語調描寫了"神"這一形象，其中的"盲人"與"看見"形成了對比反差，"你看見的善也是惡 / 惡也是善"表現出善惡界限的模糊不清，無法分辨，從而表達出人性是複雜的，甚至連神都無法看清這一思想。這幾句也完全顛覆了最之前陽光和好人往往是"和顏悅色""燦爛""光芒臨身""明媚"的，而黑暗和壞人是"黯然失色""糜爛變質""委瑣無光"的固定化認知。

同時，詩人運用拈連和移用的修辭手法使虛實轉換更加自然，不露痕跡，引發讀者思考。例如描述陽光和好人時，作者寫"有的人被塗上光彩"。動詞"塗"用了拈連的手法，把本來只適用於畫布和顏料的詞語拈來，用到了人和陽光上，使上下文聯繫緊密自然，表達生動深刻，將虛和實巧妙地聯繫在了一起，且帶給了讀者畫面感。而描寫壞人與陰影時，詩人運用了大量的移用，把用來形容非生命物質的修飾詞語移來形容人，如"黯然失色的就是壞人"和"光芒臨身的人正在糜爛變質"這兩句詩中，"失色"和"變質"並非人的自然狀態，但是這裏則指人從善到惡的腐爛過程，這樣的移用輕鬆地將實景提升到更高的道德、思想的層面。同時，詩歌中也有反向移用，如"委瑣無光的地方"，"委瑣"常用來指人的鄙俗、委頓和委靡不振，而這裏移用來形容"無光"的地方，將人的惡和無陽光的狀態進行了直接的連接。

詩歌也運用了比喻和擬人等修辭使表達更加形象和生動。"有的人被塗上光彩"就將陽光暗喻成了顏料，使陽光照在人身上的畫面更加真實可感。同時，在描寫不斷移動和變換的陽光時，詩人彷彿賦予了它生命，"光 / 降臨在 / 等巴士的人群中。毫不留情地 / 把他們一分為二。""燦爛的太陽不能久等""你的光這樣遊移不定"，這裏"毫不留情""不能久等"和"遊移不定"將陽光人格化，彷彿陽光是有生命的，果斷地傾泄，但是卻猶豫地轉移，這讓詩句的感情更加鮮明，表意也更加豐富。日常生活中善惡不斷交織與變換，處於其中的我們像陽光一樣，面臨著善惡無法確認和區分的困境。

綜上所述，本詩選取了一個常見的又充滿象徵性的畫面——陽光下等巴士的人，運用多種修辭，將光的明暗遊移與人的善惡變化結合起來，嘲諷了通過表面區分善惡的固定化認知，體現出了人性善惡糾纏轉換甚至共存的複雜狀態。

點評

　　《等巴士的人》屬哲理詩，其中的二元對立和轉換是主題理解的重點和難點，但考生卻敏銳地體會了人生和人性善惡糾纏轉化甚至共存的複雜，並在分析修辭手法時牢牢地和主題呈現結合在一起，五段中的每一段最後的論述總結都準確地踩在了主題指向上，讓我們看到了非常豐富的主題詮釋，如善惡轉化糾纏的常態、人性對善惡黑白的固定化認知、人對善惡經常無法確認和區分的困境等，在評估標準 A 項上有了良好的得分。

　　在修辭手法分析上，考生也看到了詩歌中比較重要的一些修辭手法，並能結合引文進行分析，特別是對拈連和移用的分析很有自己的看法。

6.自燃

一輛紫色老式轎車當街自燃
烈焰升騰

我猜測：那一團
發動機四周纏繞的線路，厭倦了
陳舊不堪的自己
被反覆敲打和修理，像一種
不值得過的日子

於是，等待一場
白花花的正午日頭傾瀉而來
讓這把迅疾的火，做個了斷

紛紛躲避的車輛與行人
消防車的淒厲叫聲，和滅火泡沫
噴出的白霧，顯得過於慌張

其實，這輛車
不過是讓一寸寸
老去的疲憊和憤怒，戛然而止

火熄了，隱身於內部的鋼鐵骨架

擺脫了積壓太久的重負

直立起來

像一組驚歎號跳出最後的灰燼

傷痕纍纍，卻挺起昔日的銳利

和峭拔，站在了天空下

—— 包臨軒，《詩刊》，2020 年 9 月號上半月

引導題

請討論這首詩如何運用象徵手法來表達其意思。

【詩歌分析】

淺析《自燃》中的象徵運用

　　包臨軒的詩歌《自燃》運用了明顯的象徵手法。從一個日常生活現象 —— 一輛老轎車的自燃出發進入到對於人和人生的思考，讓讀者可以從一輛自燃的老轎車中感受到人的掙扎、堅韌和重塑。在 "厭倦了 / 陳舊不堪的自己" 的等待中，在 "白花花的正午" "迅疾的火" 的刺激下，老轎車在內外因的雙重作用下，完成了自燃和重生。就像一個人如果想烈士斷腕的自毀需要內心和外在的雙重挫傷，這首詩就通過老轎車的自燃詳細地表現出社會的 "高溫" 和內心的疲倦、憤怒與掙扎如何像大火一樣將人吞噬殆盡。

　　首先，這首詩將燃燒的老轎車高度人格化，運用了 "陳舊不堪的自己" "不值得過的日子" "做個了斷" 等描述將車子的衰敗與人生的衰敗和困頓建立了聯繫，看到這個自燃的老轎車，我們彷彿看到了一個痛苦的、衰老的、困頓的人對於人生最後的掙

扎。同時，這首詩還將"厭倦""疲憊""憤怒"等屬於人類情感的詞語賦予這台車，這些共同成為了老轎車自燃的內因，使它彷彿成為一個生命，一個有著喜怒哀樂的、在日常生活的磨損中不堪重負的人。在這樣的類比之下，車的"自燃"也就象徵了人的"自毀"。

其次，老轎車所面對的"四周纏繞的線路""反覆敲打和修理"和"白花花的正午日頭"是其自燃的外因，分別象徵了人生的束縛、困厄和環境對人的炙烤，不順利的人生將人的精力折磨殆盡，最後像那個老轎車一樣被生活反覆修理和敲打，終於在一個正午，在"白花花的正午日頭傾瀉而來"時，他決定用烈士斷腕的勇氣，壯烈地自毀和重生，結束這樣行屍走肉一般日復一日的生活。

再次，詩中除了自燃的車之外還存在其他的輔助意象：車輛、行人和消防車，這些也同樣構成了老轎車自燃的外因。面對老轎車的自燃，相較於車本身的沉默和鎮定，他們卻慌張而淒厲，他們就象徵了那些旁觀別人的痛苦和毀滅的人。同時，讀者也可以想象，當老轎車在承受線圈纏繞、修理和敲打還有陽光炙烤的時候，當像老轎車的人在面對痛苦、厄運和不順利而苦苦掙扎的時候，他們或許都選擇了冷漠的視若無睹，可是在老轎車自燃、人走向自毀的悲劇發生時，他們卻恐懼而慌張。

全詩中最精彩的象徵來源於最後兩部分，即詩歌的尾聲部分。這裏鋼鐵骨架的"直立"、跳出灰燼的"驚歎號"還有傷痕纍纍站在天空下的"銳利""峭拔"象徵了一種鳳凰涅槃似的重塑，車的鐵身所象徵的人的肉身被燒毀了，但是人格卻獲得了一種"站立"和昇華，人的尊嚴和價值感獲得了一種確立，在這裏死與生、毀滅和重生獲得了統一。在語義上，它和開頭"我"猜測它已厭倦陳舊不堪的自己和"不值得過的生活"形成了巨大的反差，給詩歌帶來了張力。

這首詩中，老轎車、其自燃現象以及他人對老轎車自燃的反應，共同構成了一個象徵體系，讓我們在熊熊燃燒的老轎車中看到了被生活摧殘得精疲力盡的人生，在無力反抗中，在反覆的修理和敲打中走向自毀和燃燒，在他人的驚慌和躲避中期待用這樣壯烈的方式獲得人格的尊嚴和價值，重獲昔日的"銳利"和"峭拔"，涅槃重生。在這首詩中，我們彷彿看到老轎車的靈魂和那些困厄之人的靈魂融為一體，嘶吼出對生活的憤怒。

點評

　　引導題清晰明確，要求考生具體回應全詩中的象徵手法，以及象徵手法對主題傳達的作用。詩歌的結構清晰，從自燃的現象寫到了自燃的原因（考生很敏銳地看到了詩人猜測的自燃內因與外因）、他人對自燃的反應以及自燃的結果，需要考生思考論述的則是眾多意象構成的象徵如何幫助了詩歌意義和詩人情感的傳達。考生很敏銳地抓住了詩歌中的核心意象和輔助意象來展開論述。特別地，考生識別出意象中的人格化色彩，這就有效地將老轎車與人聯繫在了一起，將"自毀"之人與旁觀者聯繫在了一起，將"自燃"與人生聯繫在了一起。除此之外，考生每段的主題句設置也比較清晰，有效地使整篇分析有了清晰的焦點。

　　特別需要提及、補充的是，在試卷 1 的主考官報告中，第一人稱的分析和評論視角也是被鼓勵的，個性化的見解和客觀的"庖丁解牛"的析解方法共同作用，確保考生在評估標準 A、B、D 上的分數。此篇分析，考生頻繁地使用了"我們"來拉近讀者與作者和文本的距離。

7.茶的情詩

【詩歌原文】

如果我是開水
你是茶葉
那麼你的香郁
必須倚賴我的無味。

讓你的乾枯柔柔的
在我裏面展開，舒散；
讓我的浸潤
舒展你的容顏。

我們必須熱，甚至沸
彼此才能相溶。

我們必須隱藏
在水裏相覷，相纏
一盞茶功夫
我倆才決定成一種顏色。

無論你怎樣浮沉
把持不定
你終將緩緩的
（噢，輕輕的）

落下，攢聚

在我最深處。

那時候

你最苦的一滴淚

將是我最甘美的

一口茶。

—— 張錯，《現當代詩歌精選集》，2007 年

 引 導 題

請評價詩作核心意象的選擇和運用如何成功表達了作品的主旨內涵。

【詩歌分析】

領悟愛的真諦
—— 張錯《茶的情詩》小析

愛情是付出，是包容與溫柔。如果相愛之人對愛情極不認真的態度使你信心大失的話，不妨一讀張錯《茶的情詩》。這首詩必然令你重拾真愛的意義。

古今中外，描寫愛情的詩歌不計其數，用以描繪人類情感生活中這一部分最重要內容的創作，在不同時空的詩人和作家的信筆揮灑和描畫中層出不窮，各顯其巧。詩人張錯獨樹一幟，鎖定了最平凡多見從不離身的事物開水和茶葉，鏡頭對準日日發生的最頻繁重複的泡茶場景，波瀾不驚的娓娓述說中，道出了愛情最初始、最純粹的真意。從"沖泡"到"相溶""浮沉"，再到"攢聚"……跟進一個完整的過程。詩人以"水"自喻，以"茶葉"喻所愛之人，彼此相逢於杯中，得以"相覷，相纏"，直至浸潤出

"最甘美的／一口茶"。詩人告知這份茶香來自水足夠沸，也來自等待的足夠耐心和有誠意，正如他在詩中寫到："我們必須熱，甚至沸／彼此才能相溶"，由淡而無味的開水和乾枯捲縮的茶葉之中產生出的一杯香茶，以最通俗易懂但卻生動直觀的畫面，展示出男女雙方兩心相融、兩情相悅的整個相愛歷程及相依共融的愛的真諦。"無味"與"香郁"、"乾枯"與"浸潤"、"苦味"與"甘美"，矛盾對立的兩種事物，卻能藉助沸騰滾燙帶出的功效，交融合一。六小節二十四行的一首小詩，為讀者生動地闡釋了愛情賴以發生與成長的關鍵因素 —— 足夠的"熱"和"沸"，足夠的耐心和誠意。

　　詩人通過巧妙的比喻和擬人手法，把說來抽象的愛情一步步漸次鮮活地呈現在讀者的眼前，含蓄簡潔之餘，將詩歌中蘊含的愛的主題，發揮得淋漓盡致。張錯在第一節中，已經推出茶葉和水這一對彼此密切相關的完美意象，巧藉第一人稱"我"和第二人稱"你"的設定，以及一再出現的"我們"和"我倆"的呼告，成功營造出面面相對、脈脈含情且款款傾訴的感覺和意味，如："讓我的浸潤／舒展你的笑顏""我們必須隱藏／在水裏相覦，相纏／一盞茶功夫／我倆才決定成一種顏色……"。你我之間的誠懇而慎重的承諾貫穿在不同詩節中："讓你的……""讓我的……""我們必須……""無論你怎樣浮沉／把持不定／你終將……落下，攢聚／在我最深處。" 沸水與茶葉你中有我、我中有你的關係，被以最顯而易懂、一目了然的方式呈現出來。詩作之中的抒情主體"我"的形象，是知性含蓄、溫文爾雅的，是深情專一、令人心生喜愛的至情至真之士的代表。

　　除了精巧的意象設定之外，本詩作之所以如此含蓄卻能彰顯出濃濃的抒情意味，也與巧妙地加入了一唱三歎回環復沓的感歎密切相關，如："展開，舒散""緩緩的／（噢，輕輕的）""落下，攢聚"。這是一首特別適合朗誦的詩作，婉轉深情，朗朗上口。末節四行的劃分，盡顯詩人的用心："將是我最甘美的／一口茶"實為一句，上下行間有意切割出的停頓裏，帶出滿滿的期盼與懸念，推出收尾的三個字作為全詩的終結。泡一壺茶，這種天天操作的日常事，開水和茶葉，這些平淡無奇尋常物，在詩人筆下演化成了有品位的人，有情趣的事；有見地的人生觀察，有深度的情感解讀與演繹，進而成就了這一首雋永優雅、值得人回味再三的《茶的情詩》。

　　表達人類愛情的方式有千萬種，詩人張錯呈現自身愛情觀的選材基於最原生態的生活場景，化通俗為神奇，讓讀者們在穿越一壺茶的誕生過程中，在閱讀品味之餘、會意微笑之際，心有所悟，欣欣然點頭讚許。

點 評

　　愛情是文學創作永恆的主題，這首詩作題名中涵括的 "情詩" 兩字，即已提示了作品內容走向的吸引力，又因為搭配著出現尋常物 "茶"，而為讀者們帶出一份閱讀期待。《茶的情詩》作為詩歌作品，並沒有很多其他詩歌作品追求表現上的含蓄、朦朧甚而因此而顯得隱晦、艱澀的特性，而是字面上明白淺顯，但內裏卻不失構思奇巧，值得一論，故而成為許多老師和同學們作為詩歌評析寫作入門級練手之作的最佳選擇。

　　以上這一篇篇幅簡短、評說精煉曉暢的評析，扣準了引導題的指引做文章，集中論述和評價了詩人為體現對世間愛情這一眾人矚目之主旨內涵的用心闡釋，選擇和確定的核心意象意義何在，為何說是具有鮮明的個性化特色的，以及如何彰顯其與眾不同的獨創性。文章首尾兩段形成呼應，直指評估標準 A，準確地說出對作品的理解，這是試卷 1 寫作得分的關鍵點。

第二編　小說分析

1.用吵鬧來撫慰

【小說原文】

秘密是我發現的。那天我提前回了家，給女兒拿演出服。

在第一時間，我把兩個姐姐和一個哥哥叫到了一起，分析情況：母親抱著電話神采奕奕，坐在沙發裏的姿勢和說話的語氣都顯示這樣的電話不是第一次，而且這個電話肯定聊了很久了。

母親從來沒這麼高興過。分析後我們姐弟四人一致這麼感覺。父親去世十年了，我們是看著母親怎樣在憂戚裏度過這十年的。我們一直自豪地以為，這是父母情深的表現。所以很多人勸過我們姐弟四個，給母親找個老伴吧，老伴老伴，老來伴兒嘛。我們姐弟四人的意見出奇地一致，母親想做別的什麼都可以，就是找老伴兒這事我們堅決不同意，那是對父親的侮辱。

可是怕母親孤獨寂寞，我們給了母親一大堆建議，社區老人館、秧歌隊、夕陽紅舞蹈班、老年大學，等等等等。母親似乎是怕我們失望，就不太熱心地選了個老年大學。就是在母親上老年大學一個月後，出了狀況。

說句實話，儘管那天發現秘密時我是匆忙的，但我還是為母親臉上菊花般的燦爛而震動。印象中，母親有十年沒這麼笑過了。只是我們沒留意過。

大家把話說明了之後，母親就一直沒什麼胃口，心不在焉地看我們吃。在六點的鐘聲敲響時，母親動了動，神情不自然地朝時鐘看了看。這會兒，電話響了。沒誰去接，全家似乎都意識到了這是一個什麼電話。母親猶豫了一會兒，終於也沒接。

從這天起，我們姐弟四個輪流開始了跟母親的談心。車輪戰很快就有了效果，母親跟我們說了她的那位老年大學同學。他們倆各方面都已經商議好了，誰去誰家過日子，不辦證書免得出現遺產糾紛，甚至連怕給我們添麻煩而不舉辦喜事的細節他們都取得了一致，只等我們這些做子女的表態。

我們已經表態了。

於是，母親向我們保證，以後再不接那人的電話，這事到此為止。

偵察了一段時間，我們總算放下心來。只是每天的六點，電話仍是準時地響兩聲，然後就停了。電話一響，母親就回自己屋了。我們知道這是怎麼回事，每天六點，電話準時響兩聲，再掛了，就是他打來的，兩聲代表著他的平安。這是我們背著母親找那位老人談的結果，老人就這一個要求，也是他放棄的交換。

母親的精神狀態很快就影響了健康。其實她一直就像一張弓，把子女一個一個都射出去了，自己才鬆弛下來，衰老下去。在病中，母親念叨父親的時候特別多，這讓我們很欣慰。母親走得很平靜。但生離死別還是讓我們仔細翔實地品嚐到了那句話的滋味：無論你多大年紀，只要失去了母親，你就是孤兒。

已經很久了，每天六點，電話依舊準時響起。這常常讓我們無地自容。

有一天，六點的鐘聲和電話依舊一同響起，但兩聲過後，電話聲丟棄了鐘聲，頑強地持續著。愣了很大一會兒，我才遲疑著拿起話筒。是老人的女兒，在電話裏她泣不成聲。老人腦溢血，在昏迷中一直叫著我母親的名字。老人女兒的意思很明顯，希望我母親能去看她父親一眼，只一眼。

我按捺了半天，才用平靜的語調告訴她，我母親已經去世半年了。

從此，六點鐘準時響起的電話就沒有了，世界也彷彿就此寂靜無聲。只是每到週末，我總愛默默無聲地坐在電話旁的沙發裏。在六點的鐘聲響起時，我總是稍帶惺忪地輕顫一下身子，習慣地看一眼電話。我總是盼望它能再熟悉地響兩聲，只兩聲。

——鞏高峰，《北京文學》，2009 年

請評點作品是如何藉助匠心獨具的情節安排和推進，表達出作品主題的。

【小說分析】

因愛之名
—— 淺析小說作品《用吵鬧來撫慰》

　　這是一個令人心碎的故事，交織著淒美的黃昏戀、吵鬧的家庭紛爭、老人的溘然長逝，以及子女心頭的道德重壓。作者鞏高峰以第一人稱講述了一個中式傳統家庭的倫理故事：一生為丈夫和兒女們鞠躬盡瘁的一位母親，"老來得伴兒"的意願，是如何被子女們溫柔又殘酷地扼殺了的。作品戳中了當下中國許許多多傳統家庭中，老年群體和子女相處之間存在的典型問題之一。雖然是小小說作品，《用吵鬧來撫慰》卻能實實在在地帶給眾多讀者以行文止而餘緒在，字句淺而憂思長的一份深切的心靈衝擊。

　　千字之內，本文的節奏與脈絡卻是起伏跌宕、盪氣迴腸。就形式而言，作者採用了追憶性文章最常用的倒敘寫法，回溯而道出我的生活中，我們和母親之間曾經發生的故事和曾經走過的日子。全文十個段落，情節在看似波瀾不驚，實則水靜流深的描述裏步步推進，一如再平凡不過的日復一日的生活本身。故事由第一人稱的"我"開篇起講，起筆頗為突兀："秘密是我發現的。…… 母親從來沒這麼高興過"。"我"的一個偶然而意外的發現，成了投入平凡日子中激起層層漣漪的石子，引發出一系列緊張的家庭行動。兒女們如臨大敵，"姐弟四人的意見出奇地一致……"，"車輪戰"三個字加速了開篇已見緊湊的節奏，如影視劇的鏡頭快閃，讀者眼前飛速掠過母親面對姐弟四人輪番勸服時的尷尬場面："我們給了母親一大堆建議 ……""母親向我們保證……"。迫於壓力，母親中斷了與對方的來往，情節自此急轉直下，陷入一種壓抑的低調運作。之後，"母親就一直沒什麼胃口 ……"，因為順從子女意願，顧及家庭顏面，母親刻意疏離所愛，至此業已暗示了整個故事最終的淒涼走向，直到"母親走得很平靜……"，屏幕上出現"劇終"二字。全文的尾段再一次回到了"我"，寫到"我默默無聲地坐在電話旁的沙發裏""我習慣地看一眼電話""我總是盼望……"。"我"的一系列動作加上內心獨白，給人留下回味無窮的啟思：是什麼造就了兩代親人之間難以溝通的尷尬？為何兒女的自私狹隘與父母的寬容忍讓之間存在如此巨大的失衡？陳腐的道德綁架為何至今依然是中式傳統家庭面臨的困境？……文本通過講述一位平凡母親晚年的遭遇，引領我們去關注社會群體生活中不為人所注意的領域，用心可謂獨到。

通讀全文，內在的文氣流通與節奏跌宕，顯然是由核心意象"電話"作為貫通全篇的重要線索，這種凝練蘊藉的表達方式，可稱得上深得古意。文中的母親，在一場黃昏戀以及兒女們的意願中艱難撕扯和輾轉，絕大多數的時間裏都處在無言且失語的狀態中。作者透過鑲嵌在流動情節中幾處與電話有關的神態和動作細節的描寫，藉助由表顯裏、心理外化的技法，為我們揭示出母親不同階段的內心深處情感的翻湧起伏。如：開篇提到母親被發現聊電話時"臉上菊花般的燦爛……，有十年沒這麼笑過了"這是全文唯一的一筆亮色；又如第二段寫到"母親抱著電話"，一個"抱"字便傳神地勾勒出母親當日的欣喜歡愉之態；而後當子女們集體"表態了"之後，母親被發現每在約定通話的"六點的鐘聲敲響時"，都只是"動了動"，始終不曾起身接聽；再而後，每一天"電話一響，母親就回自己屋了"。一個"回屋"實則寫盡母親內心千迴百轉的痛苦難耐，也是對子女們無法言表的失望與哀怨。與此同時，字裏行間一直存在但從未出現的電話那頭的另一位老人，對母親之愛的堅定執著，待人處事的體貼溫良，僅以三兩處寥寥幾筆點到，令人難忘。"老人就這一個要求，也是他放棄的交換"，直至從電話裏得知老人臨終前一直叫著母親的名字，"希望我母親能去看他一眼，只一眼"。每天的兩聲電話，是整個故事情節中的神來之筆，"電話"從給了母親快樂和"燦爛"笑容的吉祥物，變成平添愁緒和幽怨的奪命鈴聲，母親在這頭，他在那頭，鈴聲相傳而人不得相見，先後離世終生成憾。故事結束在"六點鐘準時響起的電話就沒有了，世界也彷彿就此寂靜無聲"，兩位老人終於不再需要打這難打的電話，而是去另一個世界互訴衷腸。通篇正是以這樣含而不露的精妙寫法，敘述中道盡了生離死別。這讓讀者在被這兩位老人彼此深摯而隱忍的深情感動之餘，不禁悲從中來。

古人常說，紙短情長，大概指的就是鞏高峰佳作體現的這種文風和效果。篇幅短、意味深、節奏鮮明，是一種難得的寫作境界，它同時也為我們提供了一種文學創作的啟示：能讓我們產生心靈共鳴的，並不都需要長篇大部，具備精巧情節設計的小小說一樣能錐心啟靈，讓讀者們心為所動，沉吟不已。

 點 評

《用吵鬧來撫慰》一文中展述的故事，其實一如其篇名並不費解：一個多子女的家庭，步入老年的寡母遇到一場黃昏戀，但是因為子女們的執意阻攔，最終無法如願，抑鬱悲涼中離世。母親用自己沉默的順從，表達一份無聲的抗議。故事結尾處的追悔，為今日社會上千千萬萬個身邊生活著獨身年老父母的子女們，敲響了悠長的警鐘 —— 請實實在在關注老年人的心理和精神需要，讓他們享受一個真正快樂和幸福的晚年吧！簡單的故事，實質上卻可以很不簡單且具有厚重的社會現實意義。因此，在讀到這一類寫實色彩很濃的作品時，考生們必須即刻調動起自己的日常生活知識和感受，憑藉一種敏銳的直覺，直切主題。

這是一份普通課程（SL）考生的試卷，卷後附有可以作為寫作起點的引導題。寫成這篇評論的考生，表現出對作者鞏高峰創作意圖的準確理解，一份融匯呈現在文本中作者對當今社會家庭內部結構的敏銳觀察，對思想保守的兒女與有意追求晚年幸福的母親思想觀念上矛盾衝突的反思。這種理解轉化成作為讀者的考生落筆寫成的逐段闡釋。文章中對作者鞏高峰平淡沉實的敘事技巧，用心設定的核心意象，鋪排而成的貫穿線索，不著痕跡的細節刻畫，靜水流深的結構方式的分析和評價，都圍繞著文本中最值得一談的情節鋪設之技巧，多方聚攏歸一，聚焦著力解析論述。千把字的評論文章，正標題《因愛之名》設定得言簡意賅，含蓄深沉；評論寫得情真意切，尤其是結尾句所點明對文學創作規律的個人認識，讓人讀來點頭讚許，是帶有提升歸納性質的亮點。這也非常符合新大綱倡導的考生個性化的理解和批判性思考。

2. 活著的手藝

【小說原文】

他是一個木匠。

是木匠裏的天才。

很小的時候，他便對木工活感興趣。曾經，他用一把小小的鑿子把一段醜陋不堪的木頭掏成一個精緻的木碗。他就用這木碗吃飯。

他會對著一棵樹說，這棵樹能打一個衣櫃，一張桌子，桌面多大，腿多高，他都說了尺寸。過了一年，樹的主人真的用這棵樹了，說要打一個衣櫃，一張桌子。他站起來說，那是我去年說的，今年這棵樹打了衣櫃桌子，還夠打兩把椅子。結果，這棵樹真的打了一個衣櫃，一張桌子，還有兩把椅子，木料不多不少。他的眼睛就這樣厲害。

長大了，他學了木匠。他的手藝很快超過了師傅。他鋸木頭，從來不用彈線。木工必用的墨斗，他沒有。他加的榫子，就是不用油漆，你也看不出痕跡。他的雕刻最能顯出他木匠的天才。

他雕的蝴蝶、鯉魚，讓那要出嫁的女孩看得目不轉睛，真害怕那蝴蝶飛了，那鯉魚游走了。

他的雕刻能將木料上的瑕疵變為點睛之筆，一道裂紋讓他修飾為鯉魚划出的水波或是蝴蝶的觸鬚，一個節疤讓他修飾為蝴蝶翅膀上的斑紋或是鯉魚的眼睛。樹，因為木匠死了，木匠又讓它以另一種形式活了。

做家具的人家，以請到他為榮。主人看著他背著工具朝著自家走來，就會對著木料說："他來了，他來了！"

是的，他來了，死去的樹木就活了。

我在老家的時候，常愛看他做木工活。他疾速起落的斧子砍掉那些無用的枝杈，直擊那厚實堅硬的樹皮；他的鋸子有力而不屈地穿梭，木屑紛落；

他的刻刀細緻而委婉地游弋 ……。他給愛好寫作的我以啟示：我的語言要像他的斧子，越過浮華和滯澀，直擊那“木頭”的要害；我要細緻而完美地再現我想象的藝術境界 …… 多年努力，我未臻此境。

但是，這個木匠在我們村裏的人緣並不好。

村裏人叫他懶木匠。

他是懶，人家花錢請他做家具，他二話不說；可要請他做一些小活，他不幹。比如打個小凳子，打扇豬圈門，裝個鐵鍬柄什麼的，他都回答：沒空。村裏的木匠很多，別的木匠好說話，一支煙，一杯茶，叫做什麼做什麼。

有一年，我趕回家恰逢大雨，家裏的廁所滿了，我要把糞水澆到菜地去。找糞舀，糞舀的柄子壞了。我剛好看見了他，遞上一支煙：你忙不忙？不忙，他說。我說，幫我安個糞舀柄子。他說，這個 …… 你自己安，我還有事兒的。他煙沒點上就走了。

我有些生氣。

村裏另一個木匠過來了，說：“你請他？請不動的，沒聽人說，他是懶木匠？我來幫你安上。”這個木匠邊給我安著糞舀柄子，邊告訴我說：“他呀，活該受窮，這些年打工沒掙到什麼錢，現在工地上的支架、模具都是鐵的，窗子是鋁合金的，動斧頭鋸子的活少了，他轉了幾家工地說我又不是鐵匠，幹不了。他去路邊等活幹，等人家找他做木匠活，在路邊等，有時一兩天也沒人找的。”

我說：“這人，怪。”

我很少回老家，去年，在廣州，有一天，竟想起這個木匠來了。

那天，我躺在床上，想著自己的事，一些聲音在我耳邊聒噪：

——你給我們寫紀實吧，千字千元，找個新聞，編點故事就行。

——我們雜誌才辦，你編個讀者來信吧，說幾句好話，拋磚引玉嘛。

——你給我寫本書，就講女大學生網上發帖要做“二奶”的。

我什麼也沒寫，一個也沒答應。我知道我得罪了人，也虧待了自己的錢包。我想著這些煩人的事，就想到了木匠。他那樣一個天賦極高的木匠，怎麼願意給人打豬圈門，安糞舀柄呢？職業要有職業的尊嚴。他不懶。但他比誰都孤獨。

春節我回去，聽人說木匠掙大錢了，兩年間就把小瓦房變成了兩層小樓。我想，他可能改行了。我碰見他時，他正盯著一棵大槐樹，目光癡迷。

我恭敬地遞給他一支煙問他：“在哪打工？”

他說：“在上海，一家仿古家具店，老闆對我不錯，一個月開 5000 工資。”

我說：“好啊，這個適合你！”

他笑笑說：“別的不想做。”

—— 王往，2006 年 5 月

引導題

選段如何通過巧妙的結構安排來刻畫人物？

【小說分析】

淺談《活著的手藝》

短篇小說常有篇幅短小內容精簡、以“小”故事反映“大”主題的特點，讀之令人愛不釋手。《活著的手藝》就是這樣一篇有趣而靈動的小說。作品中，作者通過敘述一個生活在鄉村的天才“木匠”以及後來成為傳媒工作者的“我”，在他人的不理解和生活的困境中，依然堅守職業尊嚴，表達了對那些在越來越物慾化和急功近利的世風中，從不迷失堅定的人生追求的人們的由衷讚賞。

結構是小說的骨架，作者往往根據塑造人物形象和表現主題的需求來對選材進行裁剪安排。小說《活著的手藝》採用了一波三折的情節結構，欲抑先揚，欲揚先抑，使得情節跌宕起伏格外精彩。例如，文章伊始，作者便通過他“是木匠裏的天才”一句，寫出木匠之非同尋常。隨後描寫他具備的各種本事，如他能非常精確地預估出某一棵樹可以製作成幾樣家具，果不其然，"真的打了一個衣櫃，一張桌子，還有兩把椅子，木料不多不少"。此類生動的例子，以不加修飾的語言帶出一種說服力和可信度，從具體事例裏彰顯出木匠之天賦異稟。又如"他鋸木頭，從來不用彈線。木工必用的墨斗，他沒有"，作者以一系列的細節，極言其手藝奇佳。"做家具的人家，以請到他為榮"，則藉助側面描寫，道出木匠在方圓四周的村落裏備受讚賞及尊敬。以上種種描述和交代，成功地為工匠勾畫出了鮮明的人物輪廓和線條，讓人歎為觀止。然而，作者卻緊接著用一個"但是"調轉筆鋒，轉而寫到他不為人所理解的"懶"的毛病。例如"你請他？請不動的，沒聽人說，他是懶木匠？"這句話運用周圍他人的語言描寫，從側面強調木匠之"懶"。"請不動"一詞，更是夾雜了旁人對木匠"傲慢散漫"態度的極大不滿。作者說出木匠"在我們村裏的人緣並不好"，例如，木匠明明說自己"不忙"，卻在得知"我"其實只是要求他幫忙安糞舀柄後轉口說"這個 …… 你自己安，我還有事兒的"。木匠身上與眾不同之處，盡露無遺。作者並不滿足於此，而是再一次借用他人的評價"他啊，活該受窮""他去路邊等活兒幹，等人家找他做木匠活，在路邊等，有時一兩天也沒人找的"，說明木匠在不得人心的同時，還手頭拮据，生計頗為困窘。這樣的人生困境與上文所述其"傳奇"才能之間，形成極不協調的鮮明反差。作者在此運用的，正是欲抑先揚的手法，以木匠鬼斧神工的手藝，映襯其處境的困頓和性格上的倔強不屈。然而，在文章的最後，作者寫到進城之後的"木匠掙大錢了"，在"一家仿古家具店"打工。這"守得雲開見月明"的美好結果，更是使得文章從低沉壓抑中再上高潮，頗為意想不到但又盡在情理之中，真正是印證了有志者事竟成的真理。這樣抑揚有致的結構，不僅使得故事格外吸引人的眼球，更通過木匠這樣曲折的人生，在小說跌宕起伏轉折中，突出強調了小說力圖呈現的尊敬職業，堅持操守，追求理想者終將心想事成的勵志主題，觸動人心。

如果說抑揚起伏的結構為小說人物塑造搭建了骨架，那小說對木匠高超技藝的生動描寫，則使得骨架上具有了豐滿的血肉，人物形象也在作者靈動飄逸的語言中具有了鮮活的生命力。例如，作者在描述木匠手藝之精的時候，寫道"他雕的蝴蝶、鯉魚，讓那要出嫁的女孩看得目不轉睛，真害怕那蝴蝶飛了，那鯉魚游走了"。木雕的"蝴蝶""鯉魚"怎會像有生命的動物一樣動起來？作者在這裏運用誇張的手法，通過想象蝴蝶要飛，鯉魚要游，突出表現了木匠手藝之精湛，表達了對木匠的仰慕與讚美。又例如，在寫到木匠"做木工活"的場景時"他疾速起落的斧子砍掉那些無用的枝杈，直擊那厚實堅硬的樹皮"……，在這些動作描寫中，作者使用"疾速""直擊"等詞，寥寥數語，寫出了木匠動作之精、準、快，技藝之高超。"他的鋸子有力而不屈地穿梭，木屑紛落；他的刻刀細緻而委婉地游弋"，在這一句中，木匠手中的"鋸子"會"穿梭"，"刻刀"會"游弋"，精心採用的比擬寫法，使得木匠手中的工具似乎都有了生命力，藉此極言木匠手藝之出神入化。"有力而不屈""細緻而委婉"，更是賦予了木匠的各種工具以人的性格，將其人格化，也暗示了木匠面對外界的質疑及誘惑，堅守"有力""不屈"，視自身的手藝為生命中的重要部分，持絕不容玷污的認真態度。

作者通過精妙的結構，輔之以靈動的語言，既寫活了木匠的一生，也寫活了木匠的手藝。在這些飄逸又不失沉穩的文字中徜徉，讀者更能感受到作者所寫自尊自重者的人生中所包含的生命重量，體會到作者對不分貴賤之不同職業的敬重，對堅守職業操守者的崇高致意。

 點 評

在近年 IB DP 中文 A：文學課程的試卷 1 中，像《活著的手藝》《鶴》這類表現百姓之中藏龍臥虎、人才輩出題材的文章並不少見。通過對具有藝術天賦的普通人某種生活狀態的描述，展示了他們身上從不隨著歲月流逝、現實變更而消失的可貴特質，如精湛的技藝、非凡的才華、內心對崇高藝術或是傳統技藝的執著追求，對外在物質誘惑的抗拒，對個人處世原則的堅守。在娓娓道來之間，這類作品對年輕人群體產生了獨有魅力的教化作用。

（一）本文的題眼在於"活著""手藝"兩個關鍵詞，題目提示我們在通讀之中應當去關注：文本裏描述的是一種怎樣的手藝？什麼人具備這樣的手藝？又為什麼說這種手藝是"活著的"，而非死亡或是消逝的？

（二）寫出本篇評論的考生，開篇即很準確地點明了作品寫作的現實語境，以及在這種環境下人物和作品存在的意義。點明了短篇小說文學體裁特點之以小見大：以小人物而反映廣泛社會群體的生存狀態，以小場景暗示更深遠的社會畫面，以小故事寫出一個更宏大而有意義的主題。

（三）考生能觀察到此文一個很重要、不能不談的藝術特色，即情節安排上的一波三折，男主角木匠生活境遇中的起起落落，並以此為主軸，來探討作品中欲抑先揚的曲線起伏，顯然在評估標準 B 項上已經得分。

（四）在人物分析上，考生懂得抓住文中的三個關鍵字 —— 木匠的手藝技能之"神"、態度之"懶"和性格之"怪"，並依據評估標準 A 的指引，選用文中核心句，如"樹因為木匠死了，木匠又讓它以另一種方式活了""蝴蝶好像飛起來了，魚好像游起來了"等，評點了人物塑造的立體化。在分析其技藝之"神"時，已經讓全文主題非常自然地浮出水面。

（五）關於作品中語言（風格）的分析，永遠都不是多餘的。考生能敏銳地點出作者如何藉助靈動的語言文字，誇張、比擬等修辭手法，達到成功表現木匠所具備呈現靈動生命之手藝的效用，並很好地識別出了作為血肉的語言是如何與作為框架的結構有機結合來刻畫人物的。

這篇評論展示出了考生對文本和人物出色的理解，對藝術特色及其效果的良好鑑賞，篇章結構組織有序，語言文字駕馭純熟，實屬一篇考場上的佳作。

3. 鶴

鶴原先畫畫兒。青春的年齡，人長得如畫，修長的腿，修長的頸，修長的臂。尹鎮人說鶴長得像鶴，是跳舞的料。鶴便棄畫畫，跳舞蹈。

尹鎮是有舞蹈團的，正規的，很時髦。舞女們穿得很少，腳尖著地，頸項使勁兒向天舉。排練有教師，沒觀眾，一牆的大鏡子，自己觀自己。鶴進練功房，胳膊腿的就想動，脖頸兒就想往天伸。老師說舞蹈的感覺就是鳥飛翔就是草樹生長就是河水流動 …… 鶴便感覺自個兒不是用腳跳，而是有翅膀飛。鶴跳的感覺好，動作美，很快換下了《鶴》的原主角。

《鶴》是尹鎮舞蹈團的傳統節目。幾年裏，尹鎮人把原主角的臉瞧老了，皮瞧鬆了，尹鎮人不再愛看《鶴》。團裏的自己人也說原主角哪兒是跳，是獵手擊中後的掙扎。現在鶴繼主角，這《鶴》重又飛翔起來。尹鎮人說鶴跳《鶴》活了，神了。鶴自己也感覺在舞台上，她的兩腳兩臂有用不完的勁。

那天，鶴走下舞台，飛翔的兩臂仍沒有停下的意思，飄飛著走過街道。一陣突猛的高飛間被車輪軋斷兩腳。尹鎮人再瞧見鶴的時候，她已交給轉動的輪椅。尹鎮人惋惜。鶴自己卻顯得輕鬆：不跳舞，還能畫畫兒呀。

從此鶴搖輪椅天天帶自己來練功房。有腳的跳呀蹦的，鶴躲角落裏支畫架畫畫兒。畫什麼？自然是畫跳舞。《鶴》的音樂是舒展的，縈繞練功房裏似有鶴飛展雙翅拍動空氣的震顫聲。鶴畫著畫著便停下，兩臂癡迷著隨音樂向上伸呀伸的。"嘩啦"一聲，鶴便從輪椅上摔下。練功房的人停下腳去攙扶，這才見鶴畫的是鶴跳《鶴》。畫面裏的鶴腳尖著地，兩臂伸長，頸項舉向天歌，一派從容欲飛的姿態。

那日鶴沒滾輪椅來。舞蹈團的人推開門，見練功房的四壁貼滿鶴畫的《鶴》。畫面形態綽約，形象可人。只是每幅畫的舞蹈人都擦去雙腳，半懸空中，真正飛翔起來了。從這天起，尹鎮人再沒瞧見鶴，鶴哪兒去了？

月半的夜，月很圓且明亮一片。夜半，有人路經練功房聽見裏邊傳出《鶴》的音樂聲。朦朧裏瞧見鶴在跳《鶴》。這人知鶴軋斷雙腳。沒腳怎麼跳？這人走近，見鶴飛舞半空，確實沒有腳。這人駭出一聲驚叫。音樂沒了，鶴也沒了。這人知鶴不是鶴，是鶴的魂。

這事傳出去，尹鎮人都知。再等月朗月圓的夜，尹鎮人便擁向練功房外，不靠近，都遠遠地等著，生怕打擾鶴。至夜半，練功房的音樂響。遠處的尹鎮人能瞧見隱隱約約的鶴舞起來。鶴一身素白，旋呀旋地有頭有尾，跟《鶴》舞一樣。曲終，舞止。練功房又安靜如舊。然而尹鎮人見門縫有一絲白霧飄出，散失天空。

鶴死了？沒有。

尹鎮人不再需要舞蹈團。獨留練功房，成一處景觀。

—— 曹多勇，《微型小說佳作欣賞 · 第 1 卷》，2003 年

引導題

作者是如何塑造 "鶴" 這一形象的？

【小說分析】

鶴魂傳說

"寒夜月下鶴渡江" —— 仙鶴的優美形象深印在中國傳統文學作品的文字之間。清代曹雪芹《紅樓夢》裏的《中秋夜大觀園即景聯句》中就曾寫到 "寒塘渡鶴影，冷月葬詩魂"。作家曹多勇由飛翔時的鶴，聯想到舞蹈與繪畫藝術，寫下了這篇鶴魂化成人形，人幻化為鶴的神奇故事，成就一篇韻味雋永、如詩如畫的精彩微型小說。

"鶴"這一形象，貫穿文章始終，作者一步一步精心鋪排，從鶴形，寫到鶴神，最後到鶴魂，步步昇華。開頭一段的肖像描寫："青春的年齡，人長得如畫，修長的腿，修長的頸，修長的臂。"和藉助他人評點的側面描寫手法，讓讀者看到鶴姑娘的肖像，如："尹鎮人說鶴長得像鶴，是跳舞的料。"特別地，文中肖像描寫的出色之處是，作者並不去寫鶴的眼、耳、口、鼻五官形態，而是讓讀者注重去感覺這位美麗少女流溢身形其間如仙鶴一般的清新雅致的神韻。（鶴形）

　　作者著力刻畫這位女主角身上兩個重要的性格特點。首先，是她對藝術的由衷熱愛，喜歡跳舞、畫畫。作者藉助心理描寫，表現她表演時的投入程度，如"鶴自己也感覺在舞台上，她的兩腳兩臂有用不完的勁"；還以側面描寫來突出鶴舞蹈技藝的精湛，如"尹鎮人說鶴跳《鶴》活了，神了"。正面與側面描寫的相輔相成，成功地讓鶴的人物形象變得立體可見。第二個性格特點，是她個性中的從容與豁達。如：作者寫到旁人誇獎她適合跳舞，她從善如流"鶴便棄畫畫，跳舞蹈"，一個"便"字顯得輕鬆隨心！又如：當她因車禍軋斷雙腳，作者寫到"尹鎮人惋惜，鶴自己卻顯得輕鬆：不跳舞，還能畫畫兒呀"，這裏，作者用了反襯手法，藉尹鎮人的痛惜，突出鶴的坦然豁達。酷愛藝術和從容豁達的秉性，賦予了鶴姑娘一種超凡脫俗、靈秀迷人的氣質，讓讀者感覺她正如躍出古詩的秀美文句與意境之中、在人們眼前翩翩起舞的一隻仙鶴。（鶴神）

　　這篇小說有趣的是，從開讀伊始，讀者便常會有錯覺，覺得文中名為"鶴"的女子，真的就是一隻仙鶴化身，滿帶著懸念。到了故事末尾水落石出，讀者發現她真是鶴魂下塵，只感到心神嚮往而不覺得驚訝詫異。這似真似幻的錯覺，作者是如何營造出來的？作者善用了與"鶴"有關聯的一系列意象。例如：故事中"舞蹈"的描述與"飛翔"的意念時常交替和重疊，作者用"飛翔"比"舞蹈"，用"舞蹈"喻"飛翔"，如："老師說舞蹈的感覺就是鳥飛翔就是草樹生長就是河水流動……"，又如："那天，鶴走下舞台，飛翔的兩臂仍沒停下的意思，飄飛著走過街道"，再如："這人走近，見鶴飛舞半空，確實沒有腳"。除了舞蹈以外，作者還善用了另一種藝術形式——繪畫，加強人物形象的渲染，展示女子如鶴的神韻，如：鶴畫的畫兒"畫面裏的鶴腳尖著地，兩臂伸長，頸項舉向天歌，一派從容欲飛的姿態"，又如："畫面形態綽約，形象可人。只是每幅畫兒的舞蹈人都擦去雙腳，半懸空中，真正飛翔起來了。"讀到這裏，讀者的腦海裏，畫內人與畫外人，已經自然融合為一了。這種寫法，為後來眾人驚見業已離世的"鶴"，竟然在月夜裏奇跡般歸來，並飛舞半空的驚艷一幕，埋下了伏筆。（鶴魂）

此外，故事中寫到的"月亮"是另一個與鶴的形象緊緊相聯的輔助意象。如作者寫到"月半的夜，月很圓且明亮一片"，又如"再等月朗月圓的夜……"，就在這樣的月夜裏，發生了許多令人難忘的事情。這不禁令人聯想起中國古典文藝作品中，"月"與"鶴"常相伴出現，在清麗月光的映襯下，凌空起舞的仙鶴，顯得更加超凡而綽約。

如上所評，這篇小說成功地運用了各種人物描寫法和意象，把文中女子寫得優雅如鶴，讓作為讀者的我們如癡如醉，讚歎不已。在整幅畫面的中央，是一個翩然起舞的美少女，是女子，是白鶴，也是幽魂！這一個神奇的傳說，長印在故事中的尹鎮人以及故事外捧卷歎息的讀者們的心中！

點　評

當代小說家曹多勇的這篇《鶴》，儘管在文學體裁上屬於當代微小說，但是塑造了小鎮女孩兒"鶴"的形象，講述其離奇經歷，創作手法卻直接延承了中國古典傳奇小說的神韻。一則依託了"仙鶴"在中國傳統文學及文化中慣常具備的獨特象徵寓意，以"鶴"寫人，畫其風骨，寫其氣韻；二則成功帶出一絲誌怪傳說之神秘、虛幻而又浪漫的色彩；三則承接了《聊齋誌異》語言風格上的凝練精簡、靈活律動且詩意盎然。如這樣一篇有難度的作品，恰恰為中文A：文學課程高級程度（HL）考生的現場評論提供了充分展現個人出色的理解能力和良好的寫作訓練基礎的極好空間和絕大可能。

要評析作者如何描摹出女孩兒"鶴"內在的精氣與神韻，不僅需要敏銳的文學感悟力，還要能夠洞察作品內涵與中國傳統文學之間的師承關係，這便需要考生有較好的古典文學素養。該考生的文學分析《鶴魂傳說》，較為充分地表現出了這兩方面的實力，是一篇難得一見的考場佳作。

本篇習作最為精彩之處，是考生對作者藉"鶴"寫人、以人釋"鶴"這種亦真亦幻文學特色透徹入裏的領悟。考生開篇即鏈接到中國傳統文學作品中"鶴"的象徵意義，揭示了"鶴"作為核心意象所具備的優雅、高潔的內涵，點出全文通過塑造這一位滿帶仙氣的人間女兒的故事所要彰顯的主題，這是一個"鶴魂附著於人，人幻化為鶴"的浪漫故事。考生分析的重點部分非常有效地回應了引導題，即作者對“鶴”這一形象的塑造手法，既有直接的肖像和性格描寫，也有他人評論的側面描寫，還有意象使用對人物塑造的輔助作用。特別是對於作者是如何有意通過幾組人與鶴“交替和重疊”的意象，比如“飛翔／舞蹈”“水中／舞台”“蘆葦蕩／練功房”“月夜／仙鶴”……，有陪襯，有烘托，成功地模糊了名叫鶴的女孩與自然界中“鶴”的界限區別，致使女主人公形象的精神氣質中做到人鶴歸一，也使得中國傳統詩畫裏月鶴相伴的意境印現在小說描畫中，更顯出“鶴”的超凡脫俗和風姿綽約。

　　還值得注意的是，考生的分析語言頗具準確度和美感，和文章中“鶴”的形象及整體氛圍有很好的呼應，值得品讀。

4. 李自成（一）

【小說原文】

以下選文選自姚雪垠所著長篇小說《李自成》第四章的開頭部分。小說中主人公李自成在這兒第一次出現。

　　楊嗣昌與盧象升在昌平會晤的幾天以後，一個霜風淒屬的晚上，在陝西東部，在洛南縣以北的荒涼的群山裏，在一座光禿禿的、只有一棵高大的松樹聳立在幾塊大石中間的山頭上，在羊腸小路的岔股地方，肅靜無聲，佇立著一隊服裝不整的騎兵，大約有一二百人。一個身材魁梧、濃眉大眼、生著連鬢鬍子的騎兵，好像龍門古代石刻藝術中的天王像或力士像那樣，神氣莊嚴，威風凜凜，一動不動地騎在馬上，一隻手牽著韁繩，一隻手緊緊地扶著一面紅色大旗。這幅大旗帶著用雪白的馬鬃做的旗纓和銀製的、閃著白光的旗槍尖兒，旗中心用黑緞子繡著一個斗大的"闖"字。

　　在大旗前邊，立著一匹特別高大的、剪短了鬃毛和尾巴的駿馬，馬渾身深灰，帶著白色花斑，毛多捲曲，很像龍鱗，所以名叫烏龍駒。有些人不知道這個名兒，只看它毛色烏而不純，就叫它烏駁馬。如今騎在它身上的是一位三十一二歲的戰士，高個兒，寬肩膀，顴骨隆起，天庭飽滿，高鼻樑，深眼窩，濃眉毛，一雙炯炯有神的、正在向前邊凝視和深思的大眼睛。這種眼睛常常給人一種堅毅、沉著，而又富於智慧的感覺。

　　他戴著一頂北方農民常戴的白色尖頂舊氈帽，帽尖折了下來。因為陰曆十月的高原之夜已經很冷，所以他在鐵甲外罩著一件半舊的青布箭袖棉袍。為著在隨時會碰到的戰鬥中脫掉方便，長袍上所有的扣子都鬆開著，卻用一條戰帶攔腰束緊。他的背上斜背著一張弓，腰裏掛著一柄寶劍和一個朱漆描金的牛皮箭囊，裏邊插著十來支鵰翎利箭。在今天人們的眼睛裏，這個箭囊的顏色只能引起一種美的想象，不知道它含著堅決反叛朝廷的政治意義。原來在明朝，只准皇家所用的器物上可以用朱漆和描金裝飾，別的人一概禁用。洪武二十六年，朱元璋還特別作了嚴格規定：軍官和軍士的箭囊都不准朱漆描金，違者處死。然而我們如今所看見的這位戰士，從他開始起義的那年就背著這個箭囊。九年來，這個箭囊隨著他馳騁數萬里，縱橫半個中國，飽經戰陣，有的地方磨窳了，有的地方帶著刀傷和箭痕，而幾乎整個箭囊都在年年月月的風吹日曬、雨淋雪飄、塵沙飛擊中褪了顏色。

　　他分明在等候什麼人，注目凝神地向南張望。南邊，隔著一些山頭，大約十里以外，隱約地有許多火光。他心中明白，那是官兵的營火，正在埋鍋造飯和烤火取暖。幾天來，他們自己沒休息，也把官兵拖得在山山谷谷中不停地走，不能休息。但追兵顯然正在增加。無數火把自西南而來，像一條火龍似的走在曲折的山道上，有時被一些山頭遮斷。他知道這是賀人龍的部隊。十天前，他給賀人龍一個大的挫折，並且用計把他甩脫，如今這一支官兵又補充了人馬，回頭趕上來了。

　　他站的山頭較高，又颳著西北風，特別顯得寒冷，哈出的熱氣在他的疏疏朗朗的鬍子上結成碎冰。他周圍的戰士們大多數都穿得很薄，又髒又破，還有不少人的衣服上，特別是袖子上，帶著一片片的乾了的血跡，有些是自己流的，更多的是從敵人的身上濺來的。因為站得久了，有的人為要抵抗寒冷，把兩臂抱緊，儘可能把脖子縮進圓領裏邊。有的人搖搖晃晃，朦朧睡去，忽然猛地一栽，前額幾乎碰在馬鬃上，同時腰間的兵器發出來輕微的碰擊聲，於是一驚而醒，睜開眼睛。

　　"弟兄們，下馬休息一下吧！"騎在烏龍駒上的戰士說，隨即他輕捷地跳下馬，劍柄同什麼東西碰了一下，發出來悅耳的金屬聲音。

　　等到所有的將士們都下了馬，他向大家親切地掃了一眼，便向那棵虬枝蒼勁的古松跟前走去。那兒的地勢更高，更可以看清楚追兵的各處火光。

　　一輪明月從烏雲中姍姍露出，異常皎潔。這位騎烏龍駒的戰士忽然看見樹身上貼著一張陝西巡撫孫傳庭的告示，上邊畫著一個人頭，與這位戰士的相貌略微近似，下邊寫著《西江月》一首：

此是李闖逆賊，

而今狗命垂亡。

東西潰竄走慌忙。

四下天兵趕上。

撒下天羅地網，

量他無處逃藏。

軍民人等綁來降，

玉帶錦衣升賞。

　　這首《西江月》的後邊開著李自成的姓名、年齡、籍貫、相貌特點，以及活捉或殺死的不同賞格。這位戰士把佈告看完，用鼻孔輕輕地哼了一聲，回頭望著跟在背後的一群將士，笑著問：

　　"你們都看見了麼？"

　　"都看見啦。" 大家回答說，輕蔑地笑一下。

　　這位戰士放聲大笑，然後對著告示呸了一聲，拔出寶劍，在告示上刷刷地劃了兩下。幾片破紙隨風飛去。

　　這位普通戰士裝束，向大家說話的人就是赫赫有名的闖王李自成。

——姚雪垠，1999 年

 引導題

作者如何通過描寫來塑造李自成這一英雄人物？

【小說分析】

淺析《李自成》節選中的正側面描寫

“大江東去，浪淘盡，千古風流人物。”歷史長河中的英雄人物數不勝數，卻各有自己的特色和青史留名的時刻，總能令一代代讀者感佩不已。在姚雪垠長篇歷史小說《李自成》第四章開頭部分的選段中，作者運用了大量的側面和正面描寫的手法，通過刻畫李自成率殘部應對各方追兵時的表現，將其傾覆朝野的堅定決心與飽經沙場的戰士豪情描繪得淋漓盡致。

小說中大量的側面烘托，為刻畫李自成的身份與性格提供了便利。開篇即用“霜風淒厲”“一座光禿禿的、只有一棵高大的松樹聳立在幾塊大石的山頭上”等環境描寫來描繪人物出場時場景的肅靜淒涼，以此烘托出闖王李自成的不凡，並流露出對闖王所處時局的悲觀。同時，這棵高大的孤松也一定程度上隱喻了作為叛軍的李自成孤軍奮戰的處境，從側面襯托出其英勇無畏的性格。當李自成登上山坡古松旁時，“一輪明月從烏雲中姍姍露出，異常皎潔”的環境描寫，既為隨後李自成“看見”通緝令做了鋪墊，又勾勒出了一幅“一人一松一輪明月”的極具畫面感的場景，也側面烘托了李自成雖孤軍奮戰卻英勇無畏的高大形象。除了環境描寫，作者對於李自成部隊與坐騎的描寫，也使其人物形象更為豐滿。開篇描寫騎兵隊伍“服裝不整”，既表明他們可能剛結束戰鬥，也暗示出他們的叛軍身份。隨後作者運用比喻修辭，將持旗士兵比作“龍門石刻中英武的天王像或力士像”，並直接通過“身材魁梧、濃眉大眼、生著連鬢鬍子”的正面描寫突出其作為戰士的高大勇猛，以點帶面地突出了這支隊伍雖然服裝不整但氣勢不減。此外，作者還藉助細節刻畫來描寫象徵著古代軍隊身份地位和用以指揮戰鬥的“大旗”——“雪白的馬鬃做的旗纓”和“黑緞子”繡著的斗大的“闖”字，形成鮮明的色彩對比，襯托出李自成希望顛覆政權的強烈決心與勇氣。最後，“馬”作為戰鬥的坐騎，也能代表一個人的身份地位與性格特徵。“特別高大”“很像龍鱗”“烏龍駒”等詞也都展現了闖王坐騎的英氣與不凡，從而烘托了闖王身份的不凡與個性的英武。總之，作者通過人物出場時的自然環境和軍隊與坐騎的描寫，由整體到局部、由寬泛到具體，使人物出場的場景具有了一種由遠而近的鏡頭感，同時也極具表現力地烘托了闖王的英勇無畏與政變的決心。

除了藉助闖王身邊的人與物來側面烘托李自成的勇猛，作者還利用了大量篇幅直接正面刻畫李自成這位無畏強權而飽經沙場的領袖形象。人物首次出場時，在"高個兒，寬肩膀，顴骨隆起，天庭飽滿，高鼻樑，深眼窩，濃眉毛"的外貌描寫中，藉助"高""寬""隆""滿""深"和"濃"等系列形容詞，突出了其生而英武的面部特徵，語言簡潔而充滿張力；對於"炯炯有神的、正在向前邊凝視和深思的大眼睛"的細部特寫，也直接突出了李自成堅毅沉著而富有智慧的特徵。緊接著，作者又通過李自成"長袍上所有的扣子都鬆開著"以便戰時脫掉的細節，以及腰掛"寶劍"和"牛皮箭囊"的裝扮，刻畫出一位隨時準備進入戰鬥的戰神形象。同時，作者還插敘了箭囊的"朱漆描金"之色在明朝的禁忌，這也與李自成自九年前就背著這個箭袋"馳騁數萬里、縱橫半個中國"形成了對比，展現了明皇帝的專制在李自成眼中不值一提，從而正面突出了李自成推翻統治者的堅定決心和飽經沙場的英勇。"帶著刀傷與箭痕""在年年月月的風吹日曬、雨淋雪飄、塵沙飛擊中褪了顏色"等對於箭袋的細節刻畫，則更是進一步烘托和印證了李自成的久經沙場。而作者對於李自成的心理描寫，如要"不停地走，不能休息"和"追兵顯然正在增加"等對戰局的研判，既展現了李自成的智謀，也突出了時局的悲壯及艱難。尤其對於士兵的描寫，像"穿得很薄，又髒又破""有的人為了抵抗寒冷，把雙臂抱緊""有的人搖搖晃晃，朦朧睡去"等，皆展現出李自成軍隊飢寒交迫、困乏難抵的處境。但即便在如此情形下，遇到樹上《西江月》通緝令，李自成與士兵們仍輕蔑地恥笑著通緝令的荒謬。面對後有追兵，外有通緝追捕，而士兵又困凍相交、連日奔走的三重壓力，李自成與士兵們展示出的不屑與其產生了強烈對比，從而凸顯出李自成的英勇無畏、堅定決心和領導有方。

　　縱觀選段全篇，雖在人物初登場時並未過多交代戰場上的情節，卻以正側面描寫相結合的手法，通過環境描寫、外貌與衣著烘托以及壓力與對應態度的強烈對比，展示出李自成和他的隊伍反抗明朝統治的堅定決心及英勇無畏的作戰勇氣，也突顯了李自成沉著堅毅、領導有方且深得部下擁戴的個人魅力。

點評

　　長篇的節選跟完整的短篇稍有不同，它們既相對獨立，又是整部作品中不可或缺的重要組成部分。題目已經特別說明了該選段是人物在全書的首次登場，所以在分析人物形象的同時，也需要注意人物出場的姿態和方式對於全書的重要意義。考生能單刀直入，直接從人物塑造的正側面描寫手法入手，達到了綱舉目張的效果，既很好地回應了引導題，也有效地將選段中的多種人物描寫方法串聯為一個整體。針對引導題中 "描寫" 和 "英雄" 這兩個關鍵詞，考生在識別和分析技巧的同時也融入了對人物形象特點的理解，很好地詮釋出了 "英雄" 的具體內涵。全文重點突出，邏輯清晰，文學手法識別準確，對文本的諸多細節都有敏銳的捕捉和分析，是一篇完成度很高的考場文章。這篇文學分析充分表明，如果能有效地利用引導題來組織展開，是完全可以在短時間內鎖定焦點和確定寫作結構的。但需要注意，只有對相關描寫手法有準確的理解和充分的準備，才有可能在分析中快速抓住重點。

5. 李自成（二）

【小說原文】

以下選文選自姚雪垠所著長篇小說《李自成》第四章的開頭部分。小說中主人公李自成在這兒第一次出現。

　　楊嗣昌與盧象升在昌平會晤的幾天以後，一個霜風淒厲的晚上，在陝西東部，在洛南縣以北的荒涼的群山裏，在一座光禿禿的、只有一棵高大的松樹聳立在幾塊大石中間的山頭上，在羊腸小路的岔股地方，肅靜無聲，佇立著一隊服裝不整的騎兵，大約有一二百人。一個身材魁梧、濃眉大眼、生著連鬢鬍子的騎兵，好像龍門古代石刻藝術中的天王像或力士像那樣，神氣莊嚴，威風凜凜，一動不動地騎在馬上，一隻手牽著韁繩，一隻手緊緊地扶著一面紅色大旗。這幅大旗帶著用雪白的馬鬃做的旗纓和銀製的、閃著白光的旗槍尖兒，旗中心用黑緞子繡著一個斗大的"闖"字。

　　在大旗前邊，立著一匹特別高大的、剪短了鬃毛和尾巴的駿馬，馬渾身深灰，帶著白色花斑，毛多捲曲，很像龍鱗，所以名叫烏龍駒。有些人不知道這個名兒，只看它毛色烏而不純，就叫它烏駁馬。如今騎在它身上的是一位三十一二歲的戰士，高個兒，寬肩膀，顴骨隆起，天庭飽滿，高鼻樑，深眼窩，濃眉毛，一雙炯炯有神的、正在向前邊凝視和深思的大眼睛。這種眼睛常常給人一種堅毅、沉著，而又富於智慧的感覺。

　　他戴著一頂北方農民常戴的白色尖頂舊氈帽，帽尖折了下來。因為陰曆十月的高原之夜已經很冷，所以他在鐵甲外罩著一件半舊的青布箭袖棉袍。為著在隨時會碰到的戰鬥中脫掉方便，長袍上所有的扣子都鬆開著，卻用一條戰帶攔腰束緊。他的背上斜背著一張弓，腰裏掛著一柄寶劍和一個朱漆描金的牛皮箭囊，裏邊插著十來支鵰翎利箭。在今天人們的眼睛裏，這個箭囊的顏色只能引起一種美的想象，不知道它含著堅決反叛朝廷的政治意義。原來在明朝，只准皇家所用的器物上可以用朱漆和描金裝飾，別的人一概禁用。洪武二十六年，朱元璋還特別作了嚴格規定：軍官和軍士的箭囊都不准朱漆描金，違者處死。然而我們如今所看見的這位戰士，從他開始起義的那年就背著這個箭囊。九年來，這個箭囊隨著他馳騁數萬里，縱橫半個中國，飽經戰陣，有的地方磨窳了，有的地方帶著刀傷和箭痕，而幾乎整個箭囊都在年年月月的風吹日曬、雨淋雪飄、塵沙飛擊中褪了顏色。

他分明在等候什麼人，注目凝神地向南張望。南邊，隔著一些山頭，大約十里以外，隱約地有許多火光。他心中明白，那是官兵的營火，正在埋鍋造飯和烤火取暖。幾天來，他們自己沒休息，也把官兵拖得在山山谷谷中不停地走，不能休息。但追兵顯然正在增加。無數火把自西南而來，像一條火龍似的走在曲折的山道上，有時被一些山頭遮斷。他知道這是賀人龍的部隊。十天前，他給賀人龍一個大的挫折，並且用計把他甩脫，如今這一支官兵又補充了人馬，回頭趕上來了。

他站的山頭較高，又颳著西北風，特別顯得寒冷，哈出的熱氣在他的疏疏朗朗的鬍子上結成碎冰。他周圍的戰士們大多數都穿得很薄，又髒又破，還有不少人的衣服上，特別是袖子上，帶著一片片的乾了的血跡，有些是自己流的，更多的是從敵人的身上濺來的。因為站得久了，有的人為要抵抗寒冷，把兩臂抱緊，儘可能把脖子縮進圓領裏邊。有的人搖搖晃晃，朦朧睡去，忽然猛地一栽，前額幾乎碰在馬鬃上，同時腰間的兵器發出來輕微的碰擊聲，於是一驚而醒，睜開眼睛。

"弟兄們，下馬休息一下吧！"騎在烏龍駒上的戰士說，隨即他輕捷地跳下馬，劍柄同什麼東西碰了一下，發出來悅耳的金屬聲音。

等到所有的將士們都下了馬，他向大家親切地掃了一眼，便向那棵虬枝蒼勁的古松跟前走去。那兒的地勢更高，更可以看清楚追兵的各處火光。

一輪明月從烏雲中姍姍露出，異常皎潔。這位騎烏龍駒的戰士忽然看見樹身上貼著一張陝西巡撫孫傳庭的告示，上邊畫著一個人頭，與這位戰士的相貌略微近似，下邊寫著《西江月》一首：

此是李闖逆賊，

而今狗命垂亡。

東西潰竄走慌忙。

四下天兵趕上。

撒下天羅地網，

量他無處逃藏。

軍民人等綁來降，

玉帶錦衣升賞。

這首《西江月》的後邊開著李自成的姓名、年齡、籍貫、相貌特點，以及活捉或殺死的不同賞格。這位戰士把佈告看完，用鼻孔輕輕地哼了一聲，回頭望著跟在背後的一群將士，笑著問：

"你們都看見了麼？"

"都看見啦。"大家回答說，輕蔑地笑一下。

這位戰士放聲大笑，然後對著告示呸了一聲，拔出寶劍，在告示上刷刷地劃了兩下。幾片破紙隨風飛去。

這位普通戰士裝束，向大家說話的人就是赫赫有名的闖王李自成。

——姚雪垠，1999 年

 引 導 題

作者如何通過描寫來塑造李自成這一英雄人物？

【小說分析】

淺析《李自成》節選中環境描寫對人物塑造的作用

　　長篇小說《李自成》第四章開頭部分帶領騎兵在深山中躲避追兵的情節，突出了李自成這一英雄人物的個人魅力。作者使用了各種描寫手法來塑造這一人物，其中栩栩如生的環境描寫，既交代了故事發生的背景，更突出了主人公強壯的身體和勇敢的內心，把一個勇於反叛朝廷、身處逆境而頑強不屈的英雄領袖刻畫得如在眼前。本篇將重點從自然環境與社會環境兩方面來展開分析。

　　首先，作者細緻地描繪了李自成所處的自然環境。"荒涼的群山裏""在一座光禿禿的、只有一棵高大的松樹聳立在幾塊大石中間的山頭上"，這些關於地理位置的自然環境描寫生動形象地寫出了山上沒有人煙的特點，體現了自然環境的荒涼。而"霜風淒厲的晚上""山頭較高，又颳著西北風，特別顯得寒冷，哈出的熱氣在他的疏疏朗朗的鬍子上結成碎冰"等一系列針對自然氣候的環境描寫，則強調了天氣的寒冷，表明這種環境不適合人在外久留。如此寒冷的自然環境，既反襯出這支隊伍的頑強鬥志，更突顯出領頭人李自成的堅毅與不屈，表明其身心都能經受住嚴寒的考驗。而在選文結尾處還寫到："一輪明月從烏雲中姍姍露出，異常皎潔。"這撥雲見月的突然的天氣轉變，既寫出時間的推移，也暗示著李自成這位英雄人物的出現如同"一輪明月"。這輪明月在漆黑的夜裏"異常皎潔"，也象徵著李自成這位英雄人物所能帶來的光明與希望。總之，選段中自然環境描寫雖著墨不多但卻恰到好處，既描繪出人物的現實處境，也襯托了人物面對艱難處境的英勇無畏。

　　除了自然環境，作者還著重介紹了李自成當時身處的社會環境。作者借用幾個典型物件來展現社會環境，從而展示出李自成的個人魅力。作者抓住"雪白的馬鬃做的旗纓和銀製的、閃著白光的旗槍尖兒""黑緞子繡著一個斗大的'闖'字"等細節來描寫李自成的"大旗"，生動形象地寫出了大旗的精緻與華美，暗示出"闖王"的身份特點，更在黑白之間凸顯出闖王顛覆政權的決心。除了藉"大旗"來展示人物的決心和氣度，作為人物裝扮的"箭囊"也有同樣的作用。"朱漆描金的牛皮箭囊"與"鵰翎利劍"體現了其張揚華麗的特點，"朱漆描金"的色彩更是"含著堅決反叛朝廷的政治意義"，"從他開始起義的那年，就背著這個箭囊"，這些關於人物裝扮的細節描寫都表明了人物顛覆朝野的堅定決心與無畏勇氣。除此之外，"一張陝西巡撫孫傳庭的告示"更為明顯地展示了當時的社會環境。告示上"開著李自成的姓名、年齡、籍貫相貌特點，以及活捉或殺死的不同賞格"，與前文的"大旗"和"箭囊"共同顯示了李自成率部起義，朝廷通緝捉拿他的社會環境。但是在這樣的社會環境下，李自成"放聲大笑""對著告示呸了一聲，拔出寶劍，在告示上刷刷地劃了兩下"，從"笑"到"呸"再到"拔"和"劃"，一系列連貫而快速的動作描寫，展現了李自成根本不懼朝廷追捕的形象。在這一面對特定社會環境的態度展示中，他不懼朝廷、勇敢無畏的英雄形象躍然紙上。

文中諸多針對李自成正面的細緻描寫與環境背景的鋪墊相得益彰，充分凸顯出人物的英雄氣概和無畏的鬥志。在這樣嚴寒的自然環境下，李自成周圍的戰士"為要抵抗寒冷，把兩臂抱緊，儘可能把脖子縮進圓領裏邊"，這裏"抱"和"縮"的動作描寫，側面體現出天氣的嚴寒和這支"服裝不整的騎兵"處境的艱難。"弟兄們，下馬休息一下吧"的語言描寫，則展現了李自成關心下屬、心思細膩的性格特點。身處嚴寒天氣，面對後有追兵、戰士們困凍交加的艱難處境，李自成仍然毫不慌亂，從容前往"地勢更高"處查探軍情，亦可見其有勇有謀。

綜上，作者通過巧妙的環境描寫，既把人物置身於真實可感的現實處境中，也藉助如同身臨其境的環境和場景，真切地烘托出人物的氣概與性格，成功刻畫了李自成這一身心強健、堅定無畏、有勇有謀的英雄形象。

點評

人物塑造的方法眾多，"描寫"作為一種表達方式，在塑造人物方面發揮著重要作用。這個選段的引導題既給出了明確的寫作方向，又沒有做過窄的限定。與前面一篇（2.4《李自成》（一））直接從正側面描寫兩方面來回應引導題不同，這位考生另闢蹊徑地從環境描寫入手，從自然環境和社會環境兩個角度細緻分析了環境描寫對人物刻畫的作用，並在最後補充了選段對人物直接的正面刻畫，也算是兼顧到了側面描寫和正面描寫。雖然"英雄"內涵的挖掘還可更豐富些，但作為考場限時完成的文學分析，全文焦點明確，條理清晰，對文本的諸多細微之處都有關注，能始終圍繞環境描寫對英雄人物刻畫的作用來展開，可以說是很不錯了。

這篇文學分析至少能帶給我們兩點啟示：

第一，關於人物塑造的描寫手法可能有很多，我們既可以面面俱到地從正面和側面兩方面展開，也可以重點談側面或正面，還可以直接鎖定文本中使用最多最突出的某一種描寫方法，比如細節描寫或者心理描寫等等。像這個選段本身環境描寫還是比較突出的，所以考生直接聚焦這一種描寫方法進行深挖就是可行的，這既需要對環境描寫這一手法的定義和類別有充分儲備，也需要對文本中的環境描寫有足夠的敏感。

第二，不論是多角度談人物塑造，還是集中某個點深入探討，都需要著力講清楚特定手法對於人物塑造的意義，而不能只是就手法而論手法。比如，這一篇就沒有單純地談環境描寫，而是始終從環境與人物的互動著眼，在分析環境描寫的同時始終不忘探討環境對人物刻畫所起的作用，很好地詮釋出了人物的“英雄”特質。

6.水波賣牛

水波的情緒變得不穩定起來。就在幾月前他還把種地致富、當村幹部作為自己的奮鬥目標，幾月後，他覺得呆在我們山裏沒什麼前途。似乎我們的生命都是天給的，人的命怎麼可以掌握在天的手中呢。他年輕的心是奔騰著的，渴望大世界，而村子是狹隘的，呆板的，呆的時間久了，只依賴村子，沒啥知覺了。他要掙脫。他想離開。

……

水波又撿起了"讀書夢"。爹說如果他實在想回學校繼續讀書，就把家裏的耕牛賣了讓他去讀。在沒有辦法的情況下，水波真的趕牛去賣。

……

水波趕著牛路過里灣，路過石嘴。他望著苞穀地、望著稻田，望著路邊的樹……苞穀地一片濃濃的綠，稼稈上的苞穀穗，還是青殼子。田裏的早稻已熟了，黃亮亮兒的一片。油桐樹和橡樹、柿樹上都綴著果實。油桐葉就像人的手掌似的，伸了幾個尖尖兒出來。有的油桐葉是心形，托著又小又圓的青桐籽。橡子比桐籽還小，長圓形的，外殼扎乎乎的。最招人喜愛的是柿子。掛在樹上紅了，黃了的柿子，可以讓人饞得流口水。

水波走在石嘴上的柿樹下，兩隻紅柿落在他的腳跟前，一隻立刻變成了柿泥，另一隻蹦了幾下，躺著了。水波把沒有摔爛的那隻紅柿撿起來。一看，柿屁股有蟲不能吃，又猛地扔出去了。扔在了路下面的苞穀地。他拉了一下牛繩，看見牛也在看苞穀地。牛還回頭朝池塘的方向看去。它像是在看它喝過水的池塘，又像是在看池塘邊黃了的稻田。水波也跟著牛看去。他又用手拍了下牛背。牛抖了抖身，牛尾巴翹起來，刷了下他拍過的地方。

牛突然對著田，對著苞穀地，長哞了幾聲。樣子似乎在跟它的朋友打招呼。它歡快地走了一會兒，又回頭看著水波，好像不懂主人要把它朝哪裏趕。因為平常它是在河灘上和山坡上吃草，那是它熟悉的，不從這條路經過。

走完了村裏的莊稼地，水波仍然牽著牛順著大路走。牛站著不動了。它回頭，像在問水波到底要去哪裏。

走！水波不看它，用棍子抽了一下牛。

牛掙脫著繩子，步子跨向了路邊，仰著頭。水波拽著牛繩，又抽了它幾棍子。牛一個轉身，氣洶洶地衝水波瞪眼。水波一愣，蹲下來，把頭埋下來。有些懊惱。牛把脖子伸過來了，用牛臉磨擦著他的胳膊，眼神溫和。水波摸了摸牛脖子，站起來，牽著它，繼續朝前走。

牛又是一聲長哞。

走出梅花塘。走過三道彎，再過三道樑。一路上。望見莊稼，望見綠水，望見行人。只有踢蹬踢蹬的腳步聲。水波和牛都沉默著。

快到秀水街時，水波讓牛在路邊吃了一會兒草，又找了個乾淨的水坑，讓它喝飽，才朝街上牽去。

在大街道一側的岔口深處，水波找到了一個小型屠宰市場。水波拉著牛，在屠宰場站了一下，一個一臉黑肉的生意人朝他靠近了。水波撿了個乾淨的位置站定，跟生意人談價。在他的旁邊，地面是紅色的。血跡染紅的，飄著腥味。是豬血、狗血、羊血，還是牛血，很難分得清楚。糞便，卻是一目了然的。牛把頭扎在地上，嗅著血，又對著不遠處一泡同類的糞便，一聲長哞。那叫聲很悲涼。

談定了，一千二百塊。夠水波的學費了。

牛大滴的眼淚掉落著，眼巴巴地看著主人。水波不看它。

在生意人要牽牛繩時，水波緊握著牛繩不放。牛賣了，家裏的地用什麼耕種！它是家裏的一個好幫手啊！沒它不行啊！水波猶豫起來。生意人抱怨水波不該做事婆婆媽媽的，說再給他加一百塊。水波想賣。他蒙著頭，想了半個小時，覺得不能賣，就決定不賣了。水波拍拍牛頭，說，回家啦。

回來的時候，牛很高興。它從屠刀下重生了一次，就連叫聲也是快活的。走在街上，它掙開繩子，仰起脖子叫了一聲，禁不住引來了他人的目光。路上過來了一輛車。它停下來看車。車駛過去了，它嗅著揚起的灰塵。水波追上來了，它撒著歡子。

水波喚著：牛娃兒，媽兒呀，媽兒——呀！

牛站著等水波。

水波重新把牛繩攥在了手裏。出了秀水街，牛又撒歡跑著，水波緊緊地跟著它。跑一陣，歇一陣。太陽灑在水波的背上，也灑向牛；秋風撫著水波赤著的胳膊，也撫摸著牛的身子。快晌午了，水波已趕著牛回到了梅花塘……

水波趕牛又經過石嘴大柿樹的時候，他把牛繩解了。野雞翅、茅草芽子、小檀樹葉、狗尾草、枸杞葉。牛在樹下跑來跑去，尋著可吃的草。

水波站在樹下。如果真的不可以再去上學，他打算出去打工。他不信命，他的一顆渴望馳騁的心是什麼也拴不住的。他嚮往一片廣闊的天地。任憑自己只是一隻醜陋的山鼠，什麼能夠阻止他對山外生活的想象？沒有。

——朱雪，《梅花塘》，2012 年

引導題

選文如何藉助心理刻畫來展示人物抉擇的過程？

【小說分析】

一段水波起伏的抉擇之旅
——淺析《水波賣牛》選段中的心理刻畫

作為一種揭示人物內心世界的藝術手法，心理描寫在小說創作中具有重要的意義。通常來說，心理描寫有直接表現和間接表現兩種方式。在長篇小說《梅花塘》中的《水波賣牛》選段中，作者朱雪就恰到好處地運用了直接描寫人物心理和藉助動作行為與環境襯托來間接表現心理的方式，展示了農村放牛娃水波在放牛與讀書、留下與離開之間的艱難抉擇過程，既揭示了落後的農村與城市之間的差距，也表達了對珍惜自身現有事物且不放棄對外部廣闊世界的積極探索之態度的充分肯定。

首先，選段通過對主人公水波心理的直接描述來塑造人物形象，並通過其心理變化來使整個情節尤其是抉擇過程更加跌宕起伏。選文首句"水波的情緒變得不穩定起來"，一個"不穩定"就概括出了人物的矛盾心理狀態。但在第一段中卻只說出水波渴望大世界的一個模糊而遠大的理想，直到第二段才真正點出矛盾——只有賣牛才能繼續回校讀書。這樣欲擒故縱的手法，使故事一開始就留下關於人物選擇的懸念，也展示出城鄉間的差距和以水波為代表的年輕人想去更大的世界探索的雄心壯志。到屠宰場後，"牛賣了，家裏的地用什麼耕種！它是家裏的一個好幫手啊！沒它不行啊！"的直接心理刻畫，更是以內心獨白的方式直觀展示了水波內心對於賣牛決定的動搖。選文末段"他不信命，他的一顆渴望馳騁的心是什麼也拴不住的"的心理呈現，則與開頭"人的命怎麼可以掌握在天的手中"以及"他要掙脫"的心理形成首尾呼應——同樣的不信命，卻有著賣牛和不賣牛的不同選擇。從開頭的"不穩定"總起，到圍繞人牛衝突的層層推進，再到最後的呼應對照，對人物心理的直接描寫，不僅直觀展示了人物的抉擇過程，表現出主人公對已有事物的珍惜和對遠大理想的不懈追求，也使得這個生活"橫截面"充滿了波瀾，引人深思。

除了直接表現人物心理，選段還藉助"牛"和"水波"這兩個主要形象的系列行為動作來間接表現人物心理，可視為"行動表現式"心理描寫。作者運用擬人化的方式將"牛"刻畫得有血有肉，並藉它的行動來表現豐富的內心情感，進而折射出水波賣牛前內心的掙扎。在被拉去屠宰市場的路上，牛一共發出了三次"長哞"：第一次"似乎在跟它的朋友打招呼"，再是從"走完了村裏的莊稼地"到"走出梅花塘"，最後是在地面滿是血跡的"屠宰市場"。這三次叫聲反映出了牛的心路歷程：首先是對於熟悉地方的嚮往和留戀，希望去苞穀地裏吃草；其次是發現主人並不打算帶著它吃草，而要去其他地方時的疑惑與無奈；最後一次則代表著得知自己即將到來的命運的絕望。這三次叫聲成功地塑造出一頭從疑惑到絕望等死的老牛的形象，類似於三疊式的結構一步一步把情節推向高潮，也為後文水波最終改變賣牛的主意作了鋪墊。而在從屠刀下重生後，文中又有一連串的動作描寫："掙開繩子""仰起脖子叫了一聲""停下來看車""嗅灰塵""撒著歡子"，生動地寫出了牛在重獲新生後的歡喜和活潑，既與前文"長哞"的沮喪形成對比，也從側面折射出人物決定不賣牛之後的放鬆與愉悅。總的來說，作為一個通人性的獨立形象，牛的行動和情緒既影響了人物的選擇，也是人物內心潛意識的某種投射，具有某種"以我觀物，故物皆著我之色彩"的意味。從牛對鄉土無法割捨的依戀情緒中，讀者不難窺見隱藏在人物"渴望大世界"的奔騰之夢背後的搖擺不定。除了對牛行為舉動的刻畫，作者同樣藉助水波的行為動作來間接表現他的內心世界。在屠宰場當牛"眼巴巴地看著主人"時，水波"不看它"。這看似是動作描寫，實則是心理描寫的外化，寫出了水波內心的糾結，飽含著對牛的喜愛、歉意和無奈。做出最終決定前，"他蒙著頭，想了半個小時"，此處的"蒙著頭"的動作和細節，以及"想了半個小時"這樣有時間卻無內容的留白運用，非但沒有使水波形象產生空白，反而給讀者更多想象空間，讓讀者能切身想象和體會水波彼時的心境。通過塑造一人一牛兩形象，作者不僅十分巧妙地把情節和人物的內心活動變化融為一體，更好地展現了情節的起伏變化，也藉助這些形象的種種行動，把人物在不同選擇間猶豫取捨的全過程表現得淋漓極致。

此外，選段中還有大量"環境襯托式"的心理描寫，即藉助身處的環境來襯托人物的心理。文中環境描寫雖不多，但句句精彩，處處入勝。在水波剛開始趕著牛出發時，在對"苞穀地""稻田"和"樹"等自然田園風光的描寫中，作者藉助綠、青、黃、紅等各種明豔的色彩詞和"油桐葉就像人的手掌似的"等比喻來繪色描形，再輔以"濃濃""亮亮""尖尖""乎乎"等疊詞的運用，生動再現了一片萬物欣欣向榮、長勢喜人的場景，突出了鄉村和諧美好和原始生機。藉助水波視角描繪出的這幅鄉村田園美景，既襯托出人物對這片自己想要"掙脫"的故土的複雜情感，展現出他做出抉擇時的內心矛盾，也與開頭他對村子"狹隘""呆板"的主觀感受形成某種張力，促使讀者進一步反思：年輕人想要離開鄉村的原因到底何在？此外，選文後半部分還有對屠宰市場的社會環境描寫，如"地面是紅色的。血跡染紅的，飄著腥味""糞便，卻是一目了然的"。通過刺眼的血紅和腥臭的氣味等付諸讀者視覺和嗅覺感官的描寫，形象地再現了一幅觸目驚心的殺戮景象，與此前美好的鄉間景象形成強烈反差，從而展現出牛的不願被屠宰以及水波心中的猶豫糾結。恰到好處的環境描寫，把人物內心的衝突和人物與環境的衝突襯托得淋漓盡致，也寫出了不甘被縛、懷抱理想抱負的鄉村青年在面對城鄉差距巨大、外出打拚不易的殘酷現實時的艱難處境。

綜上，選文把心理刻畫貫穿在人物、情節和環境等各要素之中，通過直接描寫心理和藉人物行動與環境描寫襯托心理等方式，生動地寫出了一位農村放牛娃在理想和現實之間的衝突與抉擇，以小見大地揭示了萬千農村水波們的共同處境，試圖引發全社會對這一群體的廣泛關注。最終牛沒有被賣，看似是水波選擇了向現實妥協，但作者卻並未否定夢想的意義。"什麼能阻止他對山外生活的想象？沒有。" 文末的這一自問自答，向讀者展示了一種面對絕境和無可奈何的信心與鬥志，表達了對這一群體立志逐夢不放棄的敬意。

點評

在很長一段時間內，展現城鄉二元對立下的 "邊緣人" 生存困境是試卷 1 常出現的主題類型，與之相關的，展現鄉村青年在進城和留村之間選擇的題材也時常出現，這篇《水波賣牛》便是典型一例。

小說三要素很多同學都很熟悉，從人物、情節和環境三個不同角度來分析小說也是很多考生的常用策略。但在 2019 版大綱試卷 1 的要求下，如何有效地從某項具體的文學技巧切入進行有聚焦和重點的分析，是廣大考生需要應對的挑戰。《水波賣牛》選段的引導題不僅給出了 "心理刻畫" 這一明確的切入點，也給出了 "抉擇" 這一主題關鍵詞，可以說大大降低了快速寫作的難度。這位考生不僅充分利用了引導題，還很好地藉助自己已有的關於小說三要素的知識儲備，搭建起了既有 "聚焦深度" 又有 "理解廣度" 的寫作框架，對技巧的運用及其對人物刻畫及主題表達的效果同時作出了細緻而深入的分析。尤其是對文中心理描寫幾種不同方式的歸納，展示出考生對於這一特定手法的深入理解。這種寫法也表明，如果對各種不同文學體裁的文體特徵能有充分的儲備，對引導題給出的技巧與主題指向能有足夠的重視，在經過反覆的寫作訓練後，在限定時間內寫出容量和質量兼優的分析文章也是完全有可能的。

具體來說，這位考生的分析文章有幾個主要亮點值得學習。首先，在主題理解上，考生能夠由點及面地挖掘出 "水波" 這一個體行為及選擇所折射出的群體處境與態度，展示出對文本 "個別性" 與 "一般性" 的出色理解。其次，在技巧分析上，考生不僅對小說三要素在文本中運用的具體特點有準確把握，更能精準識別出心理刻畫的不同類型，將技巧如何建構文本意義論述得比較清楚。再次，在重點與組織上，"心理刻畫"這個技巧作為重點被貫穿始終，組織有效，整體上連貫度比較高。最後，在語言表達上，考生文筆老練，語體有效且得當，應該是經過充分訓練的結果。

第三編 散文分析

1. 西牆

......

　　風雨一場一場地颳，西牆的泥一層一層剝下，眼看西牆很快就不能承負屋樑的重量了。某個早晨起來，屋蓋下一家人竟有好幾個夜裏做夢，夢見屋子倒下來把一家人壓在下面。父親就再也坐不住了，他趕到山那邊買回一車石灰，把土牆粉刷了一番，以為這樣就成了。可幾場雨過後，石灰就一塊一塊大面積逃離，沒過完那個冬天，牆上就只剩最後幾塊貼心的石灰了。父親不得不另想辦法，一家人就選了幾個放晴的日子，織了很多草簾張掛起來，把西牆遮住。西牆突然像一個披著蓑衣的老農的背影，一下子老了許多。這樣也不管用，風太霸蠻了，還沒來得及等到一場雨，風就先自個兒把稻草一綹一綹扯下來往空中撒得紛紛揚揚，剩下的就是一些光杆簾篙了。

　　春天來到南方，整個村子都回潮返濕，什麼東西都在發芽，連空氣都透著芽綠色，濕潤的西牆上居然也生了幾根小草。那天早晨小妹把這個發現告訴父親，父親忙興沖沖地跑進屋，告訴正在做飯的母親，母親看都沒看他一眼，就說，大驚小怪的，你以為你還小哎？父親說，我找到西牆不受雨劈的辦法了。等一場斜雨過後，父親在黏糊糊的西牆上大把大把撒上草籽。沒幾日，草籽發芽了，西牆頓時粉妝玉琢，煥然一新。過完春天，西牆就出落得像個美少女了，綠意盎然的草葉斜掛西牆，微風過處，就舞出許多美的極致。更重要的是驟然而來的夏雨再也傷害不了西牆，無數草葉就像無數隻伸出的手，雨滴打過來就被彈射出去，而草根則牢牢地抱緊土牆，再不讓泥土流失。父親的這個發明激發了母親的創造力，那年夏天，她在牆根種下一排爬山虎。她想一勞永逸。

　　秋天氣候乾燥，一牆草葉轉黃，西牆金碧輝煌，讓小妹有了許多逃避貧窮的童話般幻想。草死了。草根卻牢牢地抓住牆壁，風再也扯不動它。一牆衰草就這樣為西牆擋了幾年風雨。後來爬山虎長大了，細細膩膩地爬了一牆，西牆就長滿了無數的耳朵。我說出這個比喻時，我和小妹越看越覺得形象，就在牆根下笑得像兩隻滾瓜。有一牆的耳朵守著我們睡覺，從此夢也香多了。有這樣的父母真是福氣，我心底的詩心應該是在那時就種上了。

覆蓋著爬山虎的西牆同大地一齊榮枯，也就同大地一樣永恆。春芽夏綠秋黃冬枯了很多年，仍然春芽夏綠秋黃冬枯。西牆像一年換一次血液，永遠也不會老去。

村莊裏的時間就這麼在西牆邊凝固了，日子太濃太稠，壓得人有點兒喘不過氣來，我和小妹選擇了逃離。我們各自隱居城中，日子飆風而過，生命也掂不出個輕重。

若干年後，我們回到村莊，村莊已變得非常陌生，除了西牆依舊，還舉著一壁耳朵。

——謝宗玉，《中國散文百家譚》，2009 年

引導題

選文的核心意象是如何展示出時間的流逝的？

【散文分析】

淺析《西牆》選文對時間流逝感的展示

謝宗玉的散文《西牆》是一個關於成長與家園的故事，它開始於 "我" 和妹妹童年時代的一段記憶：父親和母親不僅用草和爬山虎固定了年久失修的西牆，也為我種上了 "詩心"，讓小妹有了 "逃避貧窮的童話般幻想"。而隨著 "我" 和妹妹的成長，

曾給了作者無數精神慰藉和審美享受的西牆，卻又"壓得人有點兒喘不過氣來"，並使其最終"選擇了逃離"。多年後重回村莊，當一切都已變遷，西牆依舊"舉著一壁耳朵"，保留著"我們"童年時的模樣。在文中，"西牆"代表著永恆的故鄉，代表著"已變得非常陌生"、難以回歸的精神家園。圍繞"西牆"這一核心意象，藉助敘述、描寫和抒情等多種表達方式的成功運用，作者不僅充分展示出時間的流逝感，更表達了對故土與童年既留戀又厭倦、既難捨卻又疏離的矛盾情緒。

　　首先，從結構上看，圍繞"西牆"的前後變化，時間的流逝在作者的線性敘述中得到充分體現。節選部分作者是以時間順序來展開敘述的，主要寫到了西牆的多次修補過程及其對作者產生的影響。從"刷石灰"到"掛草簾"再到"撒草籽"，作者先是細緻講述了父親多次補救這座不堪重負的西牆的全過程，隨後又交代了"一牆衰草"和母親補種的"爬山虎"如何讓西牆變得"同大地一樣永恆"，直到最後寫到當村莊的日子在西牆"凝固"時"我"和妹妹的"逃離"。這種敘述方式巧妙地引出了"我"和妹妹從童年到長大，再到"若干年後"的三個不同人生階段，也讓讀者在人物的成長軌跡中充分感受到時間的流逝。藉助這一敘述結構，作者還展示了"西牆"在我們生命中充當的不同角色——童年階段的"西牆"凝聚著父母的愛與智慧，美與詩意，是我"詩心"的啟蒙者，也是窮孩子的童話；長大後的"西牆"則象徵村莊裏"太濃太稠"的日子，那一成不變的生活，那心靈中不能承受的故園之重，因此"我"和妹妹對"西牆"從愛到懼，終於離開這裏，找尋新的生活；而若干年後回到村莊，"西牆"又像是對童年與故土的一種悵望和守候，也象徵著人生進行到某一階段時我們的某種停頓與反思。值得注意的是，敘述中作者對這三部分的用筆並非平分秋色，而是濃墨重彩地著意渲染了童年的美好和歡笑，以此更能反襯後兩部分成長中那一筆帶過的叛逃與迷惘。此外，文章的時間順敘同樣表現在對主體部分——童年歲月的刻畫中，具體來說是一種四時的變遷，從"沒過完那個冬天"，到"春天來到南方"，到"過完春天"，再到"秋天氣候乾燥"。作者在四時變遷中寫盡"西牆"從岌岌可危到美不勝收的風景，表現了"西牆"之美對"我"和妹妹的觸動，以及它"同大地一齊枯榮，也就同大地一樣永恆"的家園隱喻。總的來說，時間的流逝感在作者線性敘述的結構下得到了淋漓盡致的體現，而由時間流逝引發的種種感觸也恰到好處地融入在其中。

　　除了藉助結構安排來增強時間的流逝感，作者還運用多種修辭手法，對"西牆"這一核心意象進行了生動描寫，把它在歲月的來回翻轉中"華麗變身"的過程形象地展示在讀者面前。不論是把西牆比作"一個披著蓑衣的老農的背影"還是"美少女"，又或是把無數的草葉比作"無數的耳朵"和"無數隻伸出的手"，這些比喻莫不生動而有靈氣，且極具畫面感，足見"西牆"在作者成長歲月中留下了怎樣清晰而鮮明的印象。如果說比喻的運用，把西牆描寫得栩栩如生，那與比喻組合在一起使用的擬人手法，更是把孩子視角下的西牆的變化描繪得活靈活現。比如"一下子老了許多""舞出許多美的極致""牢牢地抱緊土牆""永遠也不會老去"等擬人手法都是緊跟比喻而用，在把西牆人格化了的同時，也讓熔鑄在西牆身上的頑強生命力得到充分體現。這類不同修辭的組合在文中還有多處運用，它們不僅顯得連貫而自然，也大大增強了描寫的靈動性與趣味性，增添了文章的詩情畫意，使得伴隨歲月流逝之變的"西牆之思"能更好地滲透其中。

此外，文中還有大量由"西牆"引發的抒情，使字裏行間散發著縷縷故園情思和淡淡鄉愁，把由時間流逝引發的對生活的感悟和思考直接"點"了出來。比如，當原本"不能承負屋樑的重量"的西牆，在父母的努力下起死回生，成為一道"風光不與四時同"的美景時，作者倍感"有這樣的父母真是福氣"，流露出對父母在艱辛生活中的融融愛意和不凡的創造力與審美情操的由衷感歎。可以說，抒情的運用，不僅使文章的某些段落讀來猶如一首長長的詩，情思湧動，同時在情緒的抒發上也更為直接，對主題的回應也更為明朗。還有像"我心底的詩心應該是在那時就種上了""西牆像一年換一次血液，永遠也不會老去""我們各自隱居城中，日子飆風而過，生命也掂不出個輕重"，這幾句也都有直抒胸臆、深化主題的作用，可見適當的抒情可以使文章的語言風格更多元，並且有畫龍點睛的美學效果。

人們常說，"回不去的是故鄉"，《西牆》這篇文章便將這種哀而不傷的情懷描寫到極致，初讀時七分笑三分淚，而掩卷沉思時卻不禁淚灑幾行，想回到童年，想回到家。

點 評

　　隨著中國內地城鎮化建設進程的急速推進，隨著大量農村人口遷徙轉入城市，城鄉之間的差距正在逐步縮小，這在為欣欣向榮的現代化建設帶來蓬勃生機的同時，也引發作家觀察到伴隨著物質日漸豐富、經濟高速增長所湧現出來的人們心理和精神失落與迷惘的現象。於是，回望故土、追憶童年、緬懷傳統，呼喚返璞歸真，渴望重歸心靈家園的強烈渴求，越來越成為眾多中國當代小說家、散文家和詩人筆下創作的主題。《西牆》就是這一類具有鮮明時代語境特色之作品中的一篇散文精品。

常見到不少考生，總結作品主題往往只涉及其一而忽視其餘，欠缺犀利的眼光和完整到位的歸納，致使在起步第一項評估標準 A 就開始丟分。根據提示，考生"對選文的理解"，將依照"理解""透徹理解"和"透徹和深刻的理解"來劃分出 3 到 5 分的差別。只要多加注意便可發覺，近年試卷 1 選文主題中涵括的思想和感情，往往並非單一而是豐富多層面的。

我們可以看到以上這篇散文評論，對於文中採用 "西牆" 作為核心隱喻，並對其中所承載的情感多面性，既分點梳理又貫聯融匯，並用精練準確的語句加以闡釋："對故土與童年既留戀又厭倦、既難捨卻又疏離的矛盾情緒"。"西牆代表著永恆的故鄉，代表著已變得非常陌生、難以回歸的精神家園"，這是一種"哀而不傷的情愫"。如此精準程度的理解，為我們示範了何為 "透徹和深刻"的主題解讀，同時也使得全篇評論的寫作有思路軌跡可循，依感情發展而下。

在分析散文的過程中，比較常見的角度有構思與選材、語言特色、表現手法和表達方式等等。這篇散文節選給出的引導題明確了 "西牆" 這一核心意象和關於 "時間的流逝" 的主題指引，需要考生挖掘作者運用了哪些手段來展示這一核心意象，並識別出時間流逝引發的生活之思。應該說，這位考生很好地識別出了這篇散文在結構、語言和表達方式上的特點，並能始終聚焦在 "西牆" 意象如何展示 "時間的流逝" 上，做到了手法技巧逐點評說，理解詮釋齊頭並進，語辭運用文采奕奕，可稱得上一篇可圈可點的好作文。這篇分析文章帶來的最大的啟示在於，其實不必過分糾結於各分論點之間到底要如何 "嚴絲合縫"，在有限的考試時間內，如果能夠做到從不同角度指向同一個焦點（藝術形式），並經此展示出對文本思想內涵和意義構建是如何表達出來的理解，那就可以算是很好的文學分析了。

2. 我改變的事物

【散文原文】

　　我年輕力盛的那些年，常常扛一把鐵鍬，像個無事的人，在村外的野地上閒轉。我不喜歡在路上溜達，那個時候每條路都有一個明確去處，而我是個毫無目的的人，不希望路把我帶到我不情願的地方。我喜歡一個人在荒野上轉悠，看哪不順眼了，就挖兩鍬。那片荒野不是誰的，許多草還沒有名字，胡亂地長著。在我年輕力盛的時候，那些很重很累人的活兒都躲得遠遠的，不跟我交手，等我老了沒力氣時又一件接一件來到生活中，欺負一個老掉的人。這也許就是命運。

　　有時，我會花一晌午工夫，把一個跟我毫無關係的土包鏟平，或在一片平地上無辜地挖一個大坑。我只是不想讓一把好鍬在我肩上白白生鏽。一個在歲月中虛度的人，再搭上一把鍬、一幢好房子，甚至幾頭壯牲口，讓它們陪你虛晃蕩一世，那才叫不道德呢。當然，在我使喚壞好幾把鐵鍬後，也會想到村裏老掉的一些人，沒見他們幹出啥大事便把自己使喚成這副樣子，腰也彎了，骨頭也散架了。

　　幾年後當我再經過這片荒地，就會發現我勞動過的地上有了些變化：以往長在土包上的雜草現在下來了，和平地上的草擠在一起，再顯不出誰高誰低；而我挖的那個大坑裏，深陷著一窩子墨綠。這時我內心的激動別人是無法體會的 —— 我改變了一小片野草的佈局和長勢。就因為那麼幾鍬，這片荒野的一個部位發生變化了，每個夏天都落到土包上的雨，從此再找不到這個土包；每個冬天也會有一些雪花遲落地一會兒 —— 我挖的這個坑增大了天空和大地間的距離。對於跑過這片荒野的一頭驢來說，這點兒變化也許算不了什麼，它在荒野上隨便撒泡尿也會沖出一個不小的坑來。而對於世代生存在這裏的一隻小蟲，這點兒變化可謂地覆天翻，有些小蟲一輩子都走不了幾米，在它的領地隨便挖走一鍬土，它都會永遠迷失。

有時我也會鑽進誰家的玉米地，蹲上半天再出來。到了秋天就會有一兩株玉米，鶴立雞群般聳在一片平庸的玉米地中。這是我的業績，我為這戶人家增收了幾斤玉米。哪天我去這家借東西，碰巧趕上午飯，我會毫不客氣地接過女主人端來的一碗粥和一塊玉米餅子。

我是個閒不住的人，卻永遠不會為某一件事去忙碌。村裏人說我是個"閒錘子"，他們靠一年年的豐收改建了家園，添置了農具和衣服。我還是老樣子，他們不知道我改變了什麼。

一次我經過沙溝梁，見一棵斜長的胡楊樹，有碗口那麼粗吧，我想它已經歪著身子活了五六年了。我找了根草繩，拴在鄰近的一棵樹上，費了很大勁把這棵樹拉直了，幹完這件事我就走了。兩年後我回來的時候，一眼就看見那棵歪斜的胡楊已經長直了，既挺拔又壯實。

我把一棵樹上的麻雀趕到另一棵樹上，把一條渠裏的水引進另一條渠。我相信我的每個行為都不同尋常地充滿意義。我是這樣一個平常的人，住在這樣一個小村莊裏，注定要這樣閒逛一輩子。我得給自己找點兒閒事，找個理由活下去。

我在一頭牛屁股上拍了一鍬，牛猛竄幾步，落在最後的這頭牛一下子到了牛群最前面，碰巧有個買牛的人，這頭牛便被選中了。對牛來說，這一鍬就是命運。我趕開一頭正在交配的黑公羊，讓一頭急得亂跳的白公羊爬上去，這對我只是個小動作，舉手之勞。羊的未來卻截然不同了，本該下黑羊的這隻母羊，因此只能下隻白羊羔了。黑公羊肯定會恨我的，我不在乎。

當我五十歲的時候，我會很自豪地目睹因為我而成了現在這個樣子的大小事物，在長達一生的時間，我有意無意地改變了它們，讓本來黑的變成白，本來向東的去了西邊……而這一切，只有我一個人清楚。

我扔在路旁的那根木頭，沒有誰知道它擋住了什麼。它不規則地橫在那裏，是一種障礙，一種命運的暗示。每天都會有一些村民坐在木頭上，閒扯一個下午。也有幾頭牲口拴在木頭上，一個晚上去不了別處。因為這根木頭，人們坐到了一起，扯著閒話商量著明天、明年的事。因此，第二天就有人扛一架工具上南梁坡了，有人騎一匹快馬上胡家海子了 …… 而在這個下午之前，人們都沒想好該去幹什麼。沒這根木頭生活可能會是另一個樣子。坐在一間房子裏的板凳上和坐在路邊的一根木頭上商量出的事肯定是完全不同的兩種結果。

多少年後當眼前的一切成為結局，時間改變了我，改變了村裏的一切。整個老掉的一代人，坐在黃昏裏感歎歲月流逝、滄桑巨變。沒人知道有些東西是被我改變的。在時間經過這個小村莊的時候，我幫了時間的忙，讓該變的一切都有了變遷。我老的時候，我會說：我是在時光中老的。

—— 劉亮程，《劉亮程散文選集》，2011 年

引導題

　　請分析和評價此篇散文別具特色的語言運用在敘事、寫人和寫景中所起的作用。

【散文分析】

只是蝴蝶扇了下翅膀
—— 評析散文《我改變的事物》

　　關於如何看待（應對）生活中的細小事物，有很多有意思的說法，如"也許只是蝴蝶扇了下翅膀""細節決定一切""一切由小事做起"等等，都在闡明日常生活中有意無意的小作為帶出的變化，甚而是意想不到的巨大成果。散文《我改變的事物》為我們闡明的正是這樣一個真切的生活道理。在這篇散文中，敘事主體"我"是一個成日在鄉村荒野裏到處"轉悠"的"閒錘子"（閒漢），經年累月所作所為都是看似微不足道的鄉野村間雜瑣小事，但是"我"在被時間改變日日老去的過程中，卻因實實在在"幫了時間的忙，讓該變的一切都有了變遷"，因此而心滿意足，充滿了自豪與驕

傲。作者劉亮程為我們展示的是一個樂觀生活的農村漢子。作為讀者，可以強烈地感受到這篇散文積極向上的感情基調和人生態度。

在全文十小段描述中，一個生活在黃土地上活脫脫的農民形象"我"浮現在讀者眼前。作者用了農民的語言，寫其事，繪其景；設其言，塑其人。敘事和抒情的主體"我"是一個"小人物"，"小"是這篇文章的突出特色。"我"所做的事情，沒有一件是值得大書特書，稱得上轟轟烈烈的，只是"挖鍁""鏟土""挖坑""鑽玉米地""拴樹""趕麻雀""我得給自己找點兒閒事，找個理由活下去"……，日復一日忙活不止。地道的鄉言村語，描述著"我"的村夫形象和"我"做的事情之無足輕重，而所有的卑微恰好反襯出"我改變的事物"事實上的巨大潛能和意義，一如：挖坑改變了蟲子們的歸宿；施肥令"我"不愁吃不飽飯；歪了的樹長直了；不中選的牛被買走了；該生黑羊的母羊生了白羊……，對於每一個個體生命來說，引發的都是巨大質變，都成為我"活下去"的重要"理由"。瑣細正是"我"這個於小事中樂意日日操勞之小人物的鮮活特徵，生活的哲理正蘊藏在這種種細微引發的連鎖效應中。

這篇散文的語言特色，還在於樸實無華的同時卻又始終透露出鮮明的反諷與自嘲色彩，值得討論。文中處處能夠看出"我"在調侃和嘲笑自己，這種表述為散文帶出了一種濃濃的幽默效果。比如，講到"我"為何要用鐵鍁去翻地時作者寫道："有時，我會花一晌午工夫，把一個跟我毫無關係的土包鏟平，或在一片平地上無辜地挖一個大坑。我只是不想讓一把好鍁在我肩上白白生鏽。……"反諷的效果從"毫無關係""無辜""白白生鏽"的強調中顯現出來，看似十分無聊，結果卻是"我使喚壞好幾把鐵鍁"，可見"我"是做了很多的事，幹了很多活兒的。這種正話反說，給文章染上一種自嘲的意味。再比如，作者並不忌諱寫到自己"鑽玉米地"蹲點排泄的行為，妙的是結果致使秋天的玉米"鶴立雞群般聳立在一片平庸的玉米地中"，玉米地的主人為此而將"玉米餅"和"粥"慷慨地獎賞給他；他還大膽坦言自己如何幫助黑、白羊雌雄交配，不僅寫了，還寫得津津有味，興致盎然："黑公羊肯定會恨我的，我不在乎。"文中"我"的行為本身，很具有一種喜劇演員的特質，滿帶孩童般的調皮和淘氣，惡作劇的對象不只是周圍環境事物，自己也成了自黑和自嘲的對象。反諷手法外加詼諧幽默的文風，讓人讀罷忍俊不禁，"我"的可愛和可敬，也逐段演進地呈現在讀者的眼前。

還值得一提的是，這篇散文處處呈現出鮮活的畫面感，得助於所運用的語言是極富"敘述感"的小說式語言，這樣的語言往往重在描述，充滿動感和張力。比如，有關

"我"與牛羊的這一個段落,作者繪聲繪色,場面生動有趣:"我在一頭牛屁股上拍了一鍬,牛猛竄幾步,落在最後的這頭牛一下子到了牛群最前面,碰巧有個買牛的人,這頭牛便被選中了。"敘述間充滿了戲劇性的色彩,牛"猛竄"幾步,顯得非常有動感。再如,作者寫"我"干擾公羊交配:"我趕開一頭正在交配的黑公羊,讓一頭急得亂跳的白公羊爬上去,這對我只是個小動作,舉手之勞。……黑公羊肯定會恨我的,我不在乎。"這裏有"我"的動作,有白公羊"急得亂跳"的樣貌,甚至有擬人化了的黑公羊對"我"的怨和"恨"。那些年"我"所改變的一切,本身就是一個人生的故事,作者巧妙地藉助順序推進的敘事和融匯其間的描寫來為說理服務,一路走向末尾段議論:"歲月流逝,滄桑巨變"其實蘊含在一切細小的改變之中,這才是人生的真諦。

　　曾經有科學家證明,亞洲的蝴蝶拍拍翅膀,就會使美洲在幾個月之後出現龍捲風,這樣一種現象被人稱為"蝴蝶效應"。很顯然這篇散文講的正是關於人類日常勞作中的"蝴蝶效應",因為我們共處在一個牽一髮而動全身的世界之中。作品以其獨具的感染力告訴我們,散文佳作的魅力並不一定來自優美雅致的文辭,土得掉渣的表達因為其散發出濃郁的泥土味兒,一樣可以直擊人心,激發綿長的深思,這是劉亮程用自己的作品告訴我們的。

 點 評

　　小人物的故事裏,遺留下歲月沉澱的痕跡;不經意的作為中,顯露出人性執著的力量。《我改變的事物》屬於言近旨遠、大義微言這一類風格的作品,在讀起來再通俗不過的文詞之間,深藏了一份內蘊的分量。

　　不同的考生可以在不同的水平層面上理解和詮釋此文,參閱以上這篇評論中關於作品《我改變的事物》之主題的解讀,便能看到作為讀者的考生眼光犀利敏銳,解讀沉實中肯。對文中第一人稱敘事者"我"的所作所為,持有正面肯定的評價,這種對於文本中內隱的作者創作傾向的具有個性化觀點的準確理解,正是我們的課程訓練中致力而為的。

　　此篇評論順應引導題的指引,在正文的三段中,分別分析和評價了作品語言在突顯文中人物身份特徵、增添風趣幽默色彩和渲染敘述之動感幾方面的特色，花開三枝，但綻於一樹。此外，評論的字裏行間，恰到好處地運用了一些撰寫文學評論時常見或是專用的名詞，例如“畫面感、動感張力、戲劇性、幽默感”等等，都為表達增添了分量。最後，還要稱讚一下考生適時適地、富於聯想的引經據典，文中出現如“也許只是蝴蝶動了一下翅膀”“細節決定一切”等等的名家名言，為彰顯評論的精準程度平添亮麗文采和理據高度，均功不可沒。雖然此舉並不是必須的，也不是試卷1寫作中的硬性規定，但請記住：巧在錦上添花見功力，只怕你力有不逮！

3. 穿多少條巷子才能到家

巷子既是小城的表現形式，也是它的真實內容。

在這座小城鎮的末端，我心懷忐忑地走進巷子，像走進古希臘神話中克里特島的彌諾斯迷宮。巷子都是有了些年紀的，名字以兩字居多，文巷，武巷，米巷，夏巷，吳巷，像是以某戶人家的姓而擬名。巷子裏的人三三兩兩從黃昏走進去，走進夜晚，又從黎明裏走出來。

我只是小城慕名過客中的一個，和巷子有過幾日之歡。從小城的地圖看，你會以為自己在看一幅蜻蜓飛舞圖。那些密密麻麻，彎彎曲曲，重重疊疊，又雜亂不堪的十字，丁字，回字，四字，凸字，令你眼花繚亂。它們各自代表的只是巷子。

女孩年輕，活潑，十分快樂地跳躍在前面，不時回過頭與我說話。她說，巷子有多長，回家的路有多遠。不是嗎？她帶著我閒適地行走，隨時隨地地走進一條巷子，又隨時隨地地走出一條巷子。這裏寬的巷子，一輛東風汽車能駛過還綽綽有餘，窄的，僅容一人側身穿過。多年以前的青磚、大塊麻石堆砌成巷子的路和兩邊的牆壁。牆壁直，平而且高，在窄小的巷子，視覺上的誤導，能高到目力盡頭，那片泛白的天空。

小城居民的家就隱藏在巷子的某個地方。深色的，兩扇大木門，打開，是另一條巷子。關上，是一戶有歡樂與憂傷的人家。木門的大鐵門環，在幾輩人眾多時光的打磨下，亮。亮是形容它的唯一詞彙。你把五個手指搭在門環裏，像是搭著冥冥中神的臂膀，能感受到的是滄桑與重量。你此時舉重若輕，扣動門環的動作成千上萬次地重複上演。環在木門臉上烙下一個深深的酒窩。酒窩裏盛得下時間，醉倒門裏門外的人。

夜晚的巷子，萬籟俱寂。靜謐如一張刻薄的宣紙，一點墨，能浸透紙裏紙外，能蔓延至紙的角落。對於每一個初次站在其中的人，心中佈滿驚恐，不敢挪動微小的身體，連腳步也是輕，輕到無聲。其實是害怕重，害怕捅破那張紙。巷子在夜裏晃動，入眠，醒來，又晃動。女孩說，巷子沒有睡眠。那巷子只有"晃動"存在。晃動著一雙溫柔祥和的眼睛，像一隻內存無限大的電子眼，記錄著從巷子進進出出的人們的喜怒哀樂與一切生活言語。

巷子還是風的歸宿地。風像是一個撒開腳丫子奔跑的少年，有著初生牛犢的瘋勁兒，撞，撞在牆上，撞在木門上。一切都那般嚴密，找不到鑽的縫，就只有跑。巷路上人的情緒，紙片，樹葉和偶爾的一隻塑料袋被輕輕捲起，旋轉上升，高不過巷子的牆。又輕輕摺下，跑不出巷子曲折的路。

在巷子的第二天午後，陽光在巷子裏時隱時現。在一條巷子與另一條接頭的拐彎處，我們遇到一位推著手推車的老頭，硬長方形紙盒很深，不會輕易看見裏面的東西。車上立著一塊長30厘米寬15厘米的紅漆木牌，寫著"張氏薑糖"四個遒勁的魏碑字，一看就知道字是有來頭的，老頭咧開嘴，一口牙齒清晰整齊，保養極好。他笑了，遞給我四包紙袋裝好的薑糖，又從我手中接過一塊錢。

薑糖有上百年歷史的，這老頭一家人就是吃著薑糖活在世上的。女孩說。

老頭就是這張氏的後人，而他家裏只剩下一個很小時因高燒變傻的兒子，妻子因病早逝。家傳手藝到這一代是戛然而止還是另授外人這個問題撲朔迷離。這些當然是後來聽說的。我所見到的是薑糖一鍋一鍋熬出來，每天只有一鍋，然後賣掉。張老頭就推著一鍋薑糖，繞著巷子轉，即使賣完了他也還習慣轉，轉到天暮回家。

老頭推車在前面，我們不遠不近地尾隨。他喊著"薑 —— 糖 ——，張氏薑糖。"朝巷子的另一頭走去，他走得慢，我們也很慢。他叫賣的聲音順著巷子的路和牆爬，爬到更廣袤的空氣裏，爬到午睡醒來肚子空泛了的耳裏。不時有一張門，幾張門同時打開，鑽出一個小腦袋或者是中年婦女梳著髮髻的頭，走過來喚一聲"張爺爺"或"張叔"，然後拿著紙袋喜滋滋地走進了門，互相說話的聲音，清脆地擊破巷子的沉靜，帶來片刻生機和活力。

女孩點點頭，緩緩又說，這巷子裏其實藏著許多有手藝的人有絕活的人。

諸多手藝人我未能見識，但在小城的角落裏能目睹他們的痕跡。鏤空雕花的木窗，一方蠟染的布，一幅懸掛廳堂的書畫，一對刺繡的鞋墊甚至一雙草鞋。它們淡然地守候在小城安排好的位置，空氣裏遊蕩著手藝人的影子。還說那張老頭，叫喚著轉悠著，剛剛在這條巷子分手，隔支煙功夫又逢在另個巷口。這些巷子四通八達而又獨立，有自己的名字和方位。張老頭是在巷子裏長大的變老的，巷子的故事裏躲藏著他的一生。他每天都會不厭其煩地在巷子裏穿梭，到底他一生穿過多少條巷子無人計數，包括自己。他的家也在一張木門裏，有濃厚的薑糖散發的甜味彌漫在狹小的空間裏。他呼出和吸入的空氣裏有著薑糖的氣味。他的傻兒子在這種味道裏流著涎水，無所事事地擺弄所有能到手的物什。那模樣讓人理解“津津有味”這個詞。有時候他難得開心地走在老父親身後，嘿嘿嘿地望著買薑糖的婦女小孩笑。巷子裏多了另一種生命狀態的人的聲音。傻少年沒讀過一天學，但他對巷子的熟悉令人驚訝。還有眾多人與事物的關係，他能緩慢地清楚表達，像是數著自己的手指。在他眼中，巷子是歡樂場，是他親自佈下的迷宮，是一個陪伴他閱歷生命的處所。少年不像老人容易見到，他說不定躲在你身邊的某個角落裏趁你思想溜差時冒現，又從你面前漸漸走遠，消失在巷子盡頭，融進另一條巷子。

張老頭有些蹣跚的身影，還有傻少年一搖一晃走路的模樣，在這個我離開巷子的晚上，在幾盞淡黃的燈火裏浮現，打濕我的情感。

在這座小城裏，巷子，老人，少年是渾然一體的，互不突出互不影響，是原生態的存在。

生命悄無聲息地在巷子裏延續，可沒有人能說出這樣一個答案，穿多少條巷子才能到家？

——沈念，2003 年 3 月

請評點分析此篇散文作品如何體現出“形散而神不散”的結構
特色。

【散文分析】

心安之處便是家
——《穿多少條巷子才能到家》

鄧麗君在《小城故事》中唱道：“小城故事多，充滿喜和樂，若是你到小城來，收
穫特別多。”甜美歌聲唱出了小城帶給人的溫暖與眷戀之情。與鄧麗君的歌曲形成天
然互文，《穿多少條巷子才能到家》這篇散文也著意描繪了小城小巷中那些在不經意間
感動到“只是小城慕名過客中的一個”的敘事者“我”的平凡生活中的瑣碎與家常，
第一人稱“我”和同伴女孩，作為讀者們小巷遊的引領者，娓娓道出如何為小巷居民
們保持的傳統慢生活方式和濃郁的人情味所吸引，如何沉迷於迷宮一般縱橫交錯的小
巷景觀，又如何感動於巷子中的普通人對於歷史文化的一份真誠守護。這種深情的述
說，造就了文本“形散而神不散”的成功結構方式，十三個段落如同放飛天空的一組彩
色風箏，主題線卻牢牢把握在作者的手中。跟隨“我”歷經小巷中的穿行漫步，最後
回到結尾段的抒情：“生命悄無聲息地在巷子裏延續，可沒有人能說出這樣一個答案，
穿多少條巷子才能到家？”作品告訴讀者：所有行走在人生旅途中的人們都應該能在
這裏找著走進家門、心安落地的感覺。

這一份沉甸甸的主題呈現，藉助了作者沈念在散文中著力突顯的小巷裏人們平淡
而緩慢的生活場景徐徐展開。開段寫到的便是帶著人間煙火味的巷子名稱，例如：“米
巷”“夏巷”“文巷”“武巷”……，無一不表現小城小巷中的老百姓對於安穩生活的一
種平淡追求，一種尋常日子帶給人的舒暢與安詳，而“小城居民的家就隱藏在巷子的
某個地方”，人們穿過巷子回到家，回到瑣屑與平凡當中，回到溫暖與舒適裏。短短一
段文字，為讀者打開了進入正文的門戶。

這篇散文接著以"形散"的形式，鋪排寫出了小巷生活的各個側面，包括白天的巷、夜晚的巷；有人的巷、無人的巷；不同時段、不同情境之下巷子的樣貌，領著讀者們移步換景去看到"多年以前的青磚""大塊的麻石""深色的大木門""門上的大鐵環""時隱時現的午後陽光"；去感受"靜謐如一張刻薄的宣紙""萬籟俱寂"的小巷之夜，以及在巷子裏"撞"來"撞"去，"撒開腳丫子奔跑的少年"一樣的風……句裏段間恣肆變幻的、隨意揮灑的書寫，呈現給讀者以一種駁雜斑爛的生動感，這是日復一日穿梭其中的生活本身所具備的真實感，是孩子回到父母身邊的舒適感，是被快速運轉的時代車輪碾壓的眾多都市人久已淡忘的生活的原生態。作品帶領我們去徜徉在這被時間遺忘了的小城裏，在這為平凡而存在的巷子裏。

生活是人的生活，作者沈念為我們描畫的小巷圖景，在頭六段小巷景物的鋪墊描述之後，推出了用接下來的五個段落詳細描繪的全篇中核心意象——兩位靈魂人物："推著手推車"的老張和"因高燒變傻的兒子"。老張賣的是祖傳手藝製作的薑糖，但是"家傳手藝到這一代是戛然而止還是另授外人這個問題撲朔迷離"。每論及祖傳的手藝，總給人以時間靜止的停滯感，這著意一筆濃墨，無疑給深巷日常蒙上了一層神秘凝重的色彩。作者"我"的口中說出："我所見到的薑糖一鍋一鍋熬出來，每天只有一鍋，然後賣掉。張老頭就推著一鍋薑糖，繞著巷子轉，即使賣完了他也還習慣轉，轉到天暮回家。"老張的出現，顯然在彰顯和述說著存在於小巷女人、孩子、叔爺嬸婆們之間濃濃的鄰里情的存在和延續。這與大工業時代之後，人們只能在琳琅滿目的超市貨架上買到冰冷的機械流水線上生產出來的各種糖果，形成巨大的反差。作者描繪的這一幕，在激發讀者回望傳統手藝瀕臨流失之時，令人不禁浮想聯翩。文中細緻描寫到的傻兒子同樣令人難忘："傻少年沒讀過一天學，但他對巷子的熟悉令人驚訝。還有眾多人與事物的關係，他能緩慢地清楚表達，像是數著自己的手指。在他眼中，巷子是歡樂場，是他親自佈下的迷宮，是一個陪伴他閱歷生命的處所。"對於從來沒有接觸過巷外世界的少年來說，巷子顯然是他的全部，外人看來的無知與癡傻，其實被作者巧妙地寄寓了時間的流逝和積澱是如何不留痕跡的內涵。換句話說，傻少年已經和巷子裏的生活合二為一了，他便是充滿人情味的小巷中最溫暖的存在。父子倆正是這古樸美好巷子的最真實的縮影和最生動的寫照。

"穿多少條巷子才能到家？"心安之處便是家。作者在散文中面對迷失在高速運轉的現代生活中的我們，提出了這樣一回發人深省的質問。小巷是小城中的一道獨特風景線，但更是作者和無數的讀者們需要追尋的、過去了的似水年華。巷子看似被時間拋棄，但它依然保持的傳統和靜止，生活的瑣屑與新鮮，人與人之間最初的溫情與彼此敬重，都是值得我們返回及徜徉、駐足和沉吟的理由！

 點 評

此篇散文懷舊意味濃郁，正如考生所寫的評論中說的，在時代巨變的今日回望傳統文化景觀，旨在啟發人們反思：什麼才是屬於我們的文化家園？家的涵意該作怎樣的重新理解？這是在解讀這一類所謂「回望」主題和題材的作品時，可供切入的思路。

這篇評論最引人注目的是寫法上的結構清晰，每一段落均由鑒賞作者所選用的某一種成功手法或技巧作為引領，設定分論點集中論述，清清楚楚，明明白白。例如：第二、三兩大段，談論的是作者在展示生活場景時形散而神不散的結構方式，延伸直接推出第四段評點文中出現的核心人物之效用，正文三大段的評析都體現了對評估標準 A 與評估標準 B 的回應，而頭、尾兩段，則聚焦在對作者意欲表達之思想和感情的概括與闡釋，作出一己解讀，首段點到，尾段再次回點並加以強調。對於試卷 1 的評論而言，這樣的寫作思路和格式，可以視為很規範的示例，值得學習。

此外，此篇文章的段落中注意了對於文本內容的引用，在闡述觀點時切實做到了評估標準 A 對「文本的引用是精選的，並有效地支持考生的思想觀點」。精選引例是得分的另一關鍵點，切不能忽略。

4. 賞葉遐思

【散文原文】

　　一個多月前，我尚在讀小學三年級的孩子，放學後在住家附近的綠地戲耍，臨回家時，他腳跟前飄來了一片碩大的綠葉，他順手撿了起來，帶回了家中。孩子喜歡枝葉，平時出門溜達常與被風拽著的樹葉賽跑，還鍾情於撿拾幾片被他追逐到手的枝葉，作為戰利品，"逮"在懷中攜帶回家。因而葉片成了我們家的"常客"。

　　這會，他竟將帶回的葉片，放到了客廳的鋼琴上。這一放，青翠的葉兒幾乎成了一隻戴著棒球手套般大的手掌，在紫紅色羊毛絨琴套上，頗奪人眼球，似乎為琴身更賦予了一種生命的象徵。也許是緣於人喜愛親近綠色的天性，自那片碩大綠葉放上了琴身，我時不時地趁著空閒，湊近望著她，仔細地端詳。古人云：仰觀宇宙之大，俯察品類之盛。凡事細究，即是"一葉一世界"。俯身靜靜地觀賞那葉片，但見一根根纖細的莖脈，沿著葉的主莖，放射狀地鋪展開去，像是在一方微型的綠色田園上，闢出一條條小徑，伸向遠方。當再細心觀察，那一條條"小徑"旁又斜列出一道道網格狀細莖，像極了這塊"綠地"裏開鑿的"水渠"，密密麻麻地佈滿了整張葉片。視線稍稍地移到葉片的周邊，毛茸茸的葉須均勻地簇擁著，定神看久一會，猶如可以聽見風在其間穿梭似地嗖嗖而過。不知不覺中，眼前的這片巴掌樣的樹葉，瞬間讓人大有置身廣袤無垠的森林中的遐想，耳際隱隱地還彷彿響起陣陣林濤聲浪。

　　這樣每日定睛不捨地注目著葉兒，或文雅地說是欣賞著她。

　　一天，兩天，重複著三五天過去了。隨著葉片的水分在空氣裏蒸發，她的形狀漸漸也發生了改變，原先平整的葉兒，慢慢地四周朝中間捲曲，活脫脫地塑造成了一頂倒放的"貝雷帽"樣式。在"帽"簷的各個的尖角葉梢，則乾脆有了螺旋式的藤蔓造型，主莖的葉角尖花捲般彎曲了起來，如同姑娘披肩的波浪形捲髮，而葉片的主幹凌空翹起，仿如穿行於意大利威尼斯水巷的"貢多拉"的船首。這時的葉片顯然已沒有了過往綠色嬌嫩的"容顏"，只見形影枯萎，體色斑黃中帶著點點猩紅，但依其一天天益發奇特的"變身術"，在我看來全然是一艘天然的"諾亞方舟"再現眼底，讓人徹底忘記了那是葉片離開大樹的滋養，進入開啟生命最後一段行程的蒼涼境遇。恰恰相反，此時此刻，落葉在其生命的末端，呈現於世人的是生命的壯美，是劈風斬浪的行舟形象！完全予人以一種生命不息，死而後已的英雄般完美絕響。對葉片由此這般的感悟，絕對是超乎我的預料。也超乎孩子當初撿拾她的初衷。

那些天，我每與孩子踱步鋼琴旁，彼此都會對那片落葉的造型，生發由衷的讚美。孩子甚至向我嚷嚷著建議，可否做個密封的玻璃鏡框，抽掉空氣，將落葉之美永遠地定格在當下。

話說落葉之美，其實是隱身在尋常中的驚艷。由之，我想太多的驚艷之歎，大可歸類在"驀然回首"中。循此，我以為我們只要用心體察平常的世界，原先的世界便會每時每刻為你展現出新奇的模樣。

這樣想去，所謂"枯燥"的生活，實則精彩矣！

——吳偉餘，《新民晚報》，2019 年

引導題

作者在《賞葉遐思》中表現出來的洞察力如何通過形象化的語言得到充分體現？

【散文分析】

一葉之“思語”
—— 淺析散文《賞葉遐思》中的語言運用

在抒情散文《賞葉遐思》中，作者吳偉餘記錄了和孩子一起觀察一片撿起來的落葉這一看似普通的生活片段，抒發了自己對生活的敏銳洞察和深入思考。文中最值得注意的部分，無疑是它極富特色的語言運用。它一方面運用樸實貼近生活的語言講述著故事，另一方面又用無比細緻和比喻性的語言對一片落葉展開了豐富的描寫，同時還穿插了許多直接抒情和議論的句子。這樣形象化的語言，不僅充分表達了作者對自然和生活的熱愛，也很好地將這種自然之美和用心感受世界的生活態度傳遞給了讀者。

首先，在敘述故事本身的時候，作者運用的語言是非常樸實、生活化的，細緻的動作描寫和直接的敘述營造了一種悠閒安逸的氛圍，讓讀者能夠更好地靜下心來品讀文章。在文章一開頭，作者便開門見山地點出了故事背景：“一個多月前，孩子放學後在住家附近的綠地戲耍”，這樣孩童玩耍的生活化場景，讀者或許都曾有過相似經歷，於是很自然地就會被故事吸引，並沉浸到這種安逸的氛圍中。隨後，作者又對孩子進行了細緻的動作描寫——面對腳跟前“飄”來的綠葉，他“順手撿起”並“帶回家中”，一“撿”一“帶”，顯得自然而然，直接表現出孩子對樹葉的“鍾情”。除了“戲耍”，作者還提到孩子愛“溜達”。不論是“風拽著樹葉”的擬人筆觸，還是溜達中孩子與風吹之葉“賽跑”、將枝葉“追逐到手”並“逮”在懷中的系列動作描寫，都充滿了活力與生機。作者在這裏並未將樹葉簡單地當作一個物件，反而將它視為具有生命力的“人”在描寫。通過描寫孩子和樹葉的這種嬉戲追逐的互動，營造出一種充滿童趣和活力的氛圍，不僅拉近了讀者與自然的距離，寫出了孩子的樂趣，更讓讀者體會到了生活的趣味。如此，在文章一開頭便拉近了讀者和故事的距離。同時，作者的語言又非常樸實，貼近生活，他對時間的敘述其實十分簡單，“一天，兩天，重複著三五天過去了”“那些天我每與孩子踱步鋼琴間……”這種對時間泛泛的敘述，反而更讓讀者覺得一切都發生得很自然，就像我們平凡的每一天的生活。在敘述事件本身的時候，作者所用到的樸實的語言就這樣維持著全文舒緩自然的節奏，不僅讓讀者初步領略了自然之美，更讓讀者在享受於悠閒安逸的氛圍中來更好地品味這一故事。

而在描述這片獨特的“落葉”時，作者又運用了豐富多彩的比喻和充滿想象的語言，藉助大量的細節描寫，來突出自己對落葉的欣賞、喜愛和讚美。在文章第二段，作者寫葉片像"戴著棒球手套般大的手掌"，以手掌來比喻葉子的形態，又用棒球手套來進一步形容手掌的大小，一下讓讀者感受到葉子蓬勃的生命力。俯身觀察，莖脈又像是"綠色田園上闢出的一條條小徑"，細莖則像是"水渠"流過其中。用小徑和水渠來形容葉子的莖脈，既賦予了靜態的葉子以動感，也藉由"綠色田園"的底色展示了這片剛掉落的樹葉依然留存著的活力和生機，顯得形象而直觀。從遠觀勾勒葉之形態，到近察寫出葉之生命力，再至"定神"久看，更是加入了大膽的想象。"定神看久一會，猶如可以聽見風在其間嗖嗖而過""不知不覺中，眼前的這片巴掌樣的樹葉，瞬間讓人大有置身廣袤無垠的森林中的遐想，耳際隱隱地還彷彿響起陣陣林濤聲浪。"這裏由靜態之葉想象出動態之風穿林而過之景，可謂天馬行空，不僅充分體現了作者對葉子的無限喜愛，還調動聽覺感官將讀者帶入到畫面之中，使沒見過這片葉子的讀者同樣能感受到它的生命力和美。更令人驚喜的是，這片葉子並未隨著時間的流逝和水分的蒸發失去美感，反而在作者的筆下綻放出了另一種美。作者將她比作"貝雷帽"，又將葉角尖比作"姑娘的波浪形捲髮"，寫出了這片落葉完全沒有失去美感，仍像是充滿活力的少女，而且愈加時尚，作者投射其中的喜愛之情可見一斑。此外，作者又將葉片的主幹比作"貢多拉的船首"，葉片像是天然的"諾亞方舟"，這樣富有想象力而又充滿趣味性的比喻，能將讀者牢牢地吸引，使其切身體會到葉片在枯萎之後仍然具有大自然的獨特之美。總之，文章大段對葉片的細緻描寫，足以讓讀者更確信於落葉之美。獨特的比喻性和極富想象力的語言，既為文章增添了不少趣味性，也讓讀者更好地理解了作者對落葉喜愛的緣由。

　　除了樸實直接的敘述和形象細緻的描寫性語言，更讓整篇文章出彩的則是作者抒情性的語言以及穿插全文的思考和議論。這些思考，直接點出了他對生活的熱愛和他所提倡的生活態度。如在文章第二段，作者提到："古人云，仰觀宇宙之大，俯察品類之盛。凡事細究，即是'一葉一世界'"。這裏對《蘭亭集序》的引用不僅顯出作者知識之淵博，更傳遞了"細細品味生活、注重細節"的生活態度。在觀察葉片時，他提到"人喜愛親近綠色的天性"，不知不覺中拉近著讀者和自然的距離。在文章後半部分，作者藉助大段直接的抒情和議論來展示自己對落葉之美的領悟，如"落葉在其生命的末端，呈現於世人的是生命之壯美，是劈風斬浪的行舟形象！"作者用"披風斬浪的行舟"來形容落葉，將它生命末端展示的這種壯美精神具象化，抒發了自己對大自然之美及其無限生命力的讚美。這樣的“感悟”雖然超乎了作者的“預料”和孩子的“初衷”，但從散文的情感表達來看，它卻是記敘和描寫之後的一種自然昇華。平靜之後，作者更深地領悟到了“落葉之美，其實是隱身在尋常中的驚艷”，並向讀者發出呼告：“我們只要用心體察平常的世界，原先的世界便會每時每刻為你展現出新奇的模樣。”在作者多種語言特色的巧妙融合下，這樣的感悟不再是說教，反而讓人感覺無比真誠，生活之美確實存在於尋常之中。在每個地方，只要靜心觀察，用心感受，生活必然能給我們帶來無限的驚喜。重要的並非我們所處的空間，而是樂觀、充滿愛、願意與生活互動的積極態度。由此，作者在結尾寫道“所謂‘枯燥’的生活，實則精彩矣！”

綜上所述，在這篇看似簡單平常的散文中，作者巧妙地傳遞了自己的人生哲學。通過生活化的直接敘述、比喻性的細節描寫和直接抒情議論這三種充滿特色的語言，作者生動地展現了自然之美，讓讀者愈發熱愛自然熱愛生活。同時，作者也通過賞葉這一日常小事，呼籲人們靜下心來，感受生活之美，積極與生活互動。只要心中充滿愛，有一雙善於發現美的眼睛，落葉之中也是美。

 點 評

與試卷 1 文本配套的引導題對於考生快速解讀文本往往具有重要的輔助意義，它能為考生探討文本提供一個富有成效的切入點。一般來說，引導題是聚焦於文本的某項核心技巧或形式要素的，所以通過引導題考生就可以快速鎖定切入點和寫作焦點。這篇散文的引導題指向非常明顯，圍繞“形象化的語言”這一寫作特點，要求考生還原出作者是如何“洞察”日常尋常之物背後的隱藏之理的。這篇評論文章就充分利用了引導題的提示，以語言運用的特色為切入點，結合散文中描寫、抒情和議論等多種表達方式的運用，從敘述語言、描寫語言以及抒情和議論的語言三個方面對“形象化的語言”的內涵進行了具體詮釋，並能很好地在語言分析中挖掘出作者的人生哲學，展示出對文本出色的理解。三個分論都能結合具體文本展開，焦點明確，手法分析細緻，對文本語言運用的諸多細微之處都有很好的識別與分析，整體表達也比較流暢，作為一篇考場作文實屬不易。

5. 煙花驚艷

【散文原文】

想說的是今年大年三十的事情。雖然事情已經過去了快一年，但印象很深，每一次去小店理髮，見到老闆都忍不住想起這件事，而且會和他談起。他總會哈哈大笑，笑聲迴盪在小店裏，讓回憶充滿暖意和快樂。

因為常去那裏理髮，我和這位老闆很熟，其實，小區好多人圖個方便，更圖老闆手藝不錯，都常去小店。大家都知道每年春節前是他生意最好的時候，他會堅持到大年三十的晚上，一直送走最後一位客人，然後回江西老家過年。他買好了大年夜最後一班的火車票，他說雖然趕不上吃團圓餃子，但這一天車票好買，火車上很清靜，睡一宿就到家了。

一般我不會擠在年三十晚上去理髮，那時候，不是人多，就是他著急要打烊，趕火車回家。但那幾天因為有事情耽擱了，我一直到了大年三十的晚上，才去他那裏。時間畢竟晚了，進門一看，夥計們都下班回家了，客人也早已經不在，店裏只剩下他一人，正彎腰要拔掉所有的電插銷，關好水門和煤氣的開關，準備關門走人了。見我進門，他抬起身子，熱情地和我打過招呼，把拔掉的電插銷重新插上，拿過圍裙，習慣性地揮了揮理髮椅，讓我坐下。我有些抱歉地問他會不會耽誤乘火車的時間。他說沒關係，你又不染不燙的，理你的頭髮不費多少時間的。

我知道，理我的頭髮確實很簡單，就是剪一下，洗個頭，再吹個風。不到半個小時，就完活兒了。但畢竟有些晚了，還是有些抱歉。迎來送往的客人多了，理髮店的老闆都是心理學家，一般都能夠看出客人的心思。他看出我的心思，開玩笑對我說，怎麼我也得送走最後一個客人，這是我們店的服務宗旨。

就在他剛給我圍上圍裙的時候，店門被推開了，進來一位女同志，急急地問：還能做個頭嗎？我和老闆都看了看她，三十多歲的樣子，穿著件墨綠色的呢子大衣，挺時尚的。我心想，居然還有比我來得更晚的。老闆對她說：行，你先坐，等會兒！那女人邊脫大衣邊說，我一路路過好多家理髮店都關門了，看見你家還亮著燈，真是謝天謝地。

等她坐下來，我替老闆隱隱地擔憂了。因為老闆問她的頭髮怎麼做，她說不僅要剪短，要拉直，而且關鍵是還要焗油，這樣一來，沒有一個多小時，是完不了活兒的。等她說完這番話時，我看見老闆剛剛拿起理髮剪的手猶豫了一下。

顯然，她也看出來了老闆這一瞬間的表情，急忙解釋，帶有幾分誇張，也帶有幾分求情的意思說：求您了，待會兒，我得跟我男朋友一起去見他媽，是我第一次到他家，而且還是去過年。雖說醜媳婦早晚得見公婆，但你看我這一頭亂雞窩似的頭髮，跟聊齋裏的女鬼似的，別再嚇著我婆婆！

老闆和我都被她逗笑了。老闆對她說：行啦，別因為你的頭髮過不好年，再把對象給吹了。

她大笑道：您還是真說對了，我這麼大年紀，也是屬於"聖（剩）鬥士"了，找這麼個婆家不容易。

我知道，老闆的時間緊張，便趕緊向老闆學習，願意成人之美，讓出了座位，對老闆說：你趕緊先給這位美女理吧，我不用見婆家，不急。她忙推辭說，那怎麼好意思！我對她說，老闆待會兒還得趕火車回家過年。她說，那就更不好意思了。但我抱定了英雄救美的念頭，把她拉上了座位，然後準備轉身告辭了。老闆一把拉住我說，沒你說得那麼急，趕得上火車的。正月不剃頭，你今兒不理了，要等一個月呢！我只好重新坐下，對老闆說，那你也先給她理吧，我等等，要是時間不夠，就甭管我了。

那女人的感謝，開始從老闆轉移到我的身上。我想別給老闆添亂了，人家還得趕火車回家過年呢，便想趁老闆忙著的時候，側身走人。誰知悄悄拿起外套剛走到門口，老闆頭也沒回卻一聲把我喝住：別走啊！別忘了正月不剃頭！看我又坐下了，他笑著說，您得讓我多帶一份錢回家過年。說得我和那女人都笑了起來。

老闆麻利兒地做完她的頭髮，讓她煥然一新。都說人靠衣服馬靠鞍，其實人主要靠頭髮抬色呢，尤其是頭髮真的能夠讓女人煥然一新。但是，時間確實很緊張了，老闆招呼我坐上理髮椅時，我對他說，不行就算了，火車可不等人。老闆卻胸有成竹地說，沒問題，你比她簡單多了，一支煙的工夫就得！

果然，一支煙的工夫，髮理完了。我沒有讓他洗頭和吹風，幫他拔掉電插銷，關好水門和煤氣的開關，拿好他的行李，一起匆匆走出店門的時候，看見那位女人正站在門前沒幾步遠的一輛汽車旁邊，揮著手招呼著老闆。我和老闆走了過去，她對老闆說：上車，我送你上火車站。看老闆有些意外，她笑著說，走吧，候著您呢。老闆不好意思地說，別耽誤了你的事。女人還是笑著說，這時候不堵車，一支煙的工夫就到。

汽車歡快地開走了。小區裏，已經有人心急地放起了煙花，綻放在大年夜的夜空，就像突然炸開在我的頭頂，挺驚艷的。

—— 肖復興

引導題

選文如何通過人物形象的塑造來展示對人際關係的感悟？

【散文分析】

淺析《煙花驚艷》中的人物塑造

現代散文《煙花驚艷》由肖復興先生創作，講述了"我"大年夜在理髮店的經歷，語言流暢生動，情感溫暖真摯，展示出人際互動中的彼此禮讓和將心比心，讀來令人心生感動。而文中最出彩的便是對於人物形象的塑造與呈現。

全文出現的人物共有三位，作為敘述者的“我”，小理髮店的老闆、女性客人，其中最重要也是作者最著力塑造的便是那位理髮店老闆。故事開始之前，作者用了兩個形容詞來體現這位老闆的性格與形象，神態上是“總會哈哈大笑”，能力上則是“小區好多人……圖老闆手藝不錯”，而“堅持到大年夜的晚上，一直送走最後一位客人”則說明他認真負責，“雖然趕不上吃團圓餃子，但車票好買”“很清靜”則說明他性格寬厚樂觀，開篇通過“我”的簡要轉述，一位樂觀爽朗、認真勤勞、技藝過硬的手藝人形象便隨著故事背景的交待躍然紙上了。作者並未大費筆墨去刻意交待，但讀者自能明白該人物的特點，筆力之嫻熟可見一斑。

除了開頭的概述，這篇散文中人物形象的塑造主要是通過一次大年夜理髮經歷的回憶來完成的。這位老闆在客人來時是“抬起身子，熱情地打招呼”，留下客人時是“一把拉住”“一聲喝住”，工作時則是“麻利兒”且“胸有成竹”，神態和動作描寫相互結合，使得人物形象立體而豐滿，熱情爽朗、幹練自信的身影如在眼前；而“不費多少時間”“怎麼我也得送走最後一位客人”“沒你說的那麼急”等語言描寫更豐富了他服務周到、幽默風趣的性格與形象。其中最妙的細節是寫他“拿起理髮剪的手猶豫了一下”，即老闆猶豫是否要趕時間為女客人做頭髮，這一筆看似並不十分正面，但卻為故事和人物增添了真實性。試想，一面是急切的客人，一面是大年三十回家的火車，換了誰都會猶豫。若是一口答應，反而顯得不合情理。作者將對生活的細緻觀察和理解融入筆端，生動形象地呈現了一位熱情體貼的理髮店老闆形象，大大增強了故事的說服力和代入感，拉近了與讀者的距離。

除了老闆之外，作者對“我”自身和女客人的形象也作了生動詮釋。因為散文第一人稱敘述的特點，作為故事講述者的“我”不僅穿針引線串聯全篇，大量關於“我”心理變化的描寫也增強了故事的起伏感。比如“我”一上來是“有些抱歉”，見到女客人後則“替老闆隱隱的擔憂”，隨後“願意成人之美”而主動讓出先理髮的機會，最後甚至還想“趁老闆忙著的時候，側身走人”，從這一系列的細微心理變化中，“我”的善解人意和樂於助人也得到了充分展現。而另一位女客人，作者對她則主要進行了神態和語言描寫，不論是進門詢問時“急急地”，還是後來“急忙解釋”時帶有的“幾分誇張”和“幾分求情”，還有自嘲自己找婆家不容易時的“大笑”，以及最後在門口提出要送老闆時的“笑著說”，這一系列的顯著神情，再加上“我”和老闆的視角下對她外貌的描寫，使得一個時尚開朗、友善大方的女性形象也在這場小小的人際互動中豐滿了起來。作者根據不同的視角與情境，靈活地轉變著描寫人物的不同方法，使得文字具有了說服力，故事本身的起伏和人物心理及言行的變化更讓故事顯得毫不單調，增加了閱讀趣味。

雖然散文中出現的人物各不相同，但無一不是為表現主題服務。不難發現，故事中的三個人物都有著樂於助人、善於換位思考的共同特點。惟其如此，三人才會在各有需求的情況下互相幫助：老闆犧牲趕車時間，為兩人理髮；"我"則成人之美，先將位子讓出後又直接暫時放棄理髮；女客人則在做好頭髮後等候老闆並最終將他送去車站。不論是老闆善意的傳遞和擴散，還是三位人物本身所具有的美好品德，都是這個大年夜的溫暖故事能夠發生的原因所在。可以說，不僅人物服務了整個故事，故事也在塑造人物。作者筆法之嫻熟自然、邏輯之清晰便在這個渾然天成的故事中展現了出來。

也正是在人物塑造的過程中，作者的想法與意圖順勢顯露。在開頭，作者便直言"這件事……讓回憶充滿暖意和快樂"，結合標題"煙花驚艷"以及結尾處的點題，讀者不難感受到，驚艷的何止是煙花，分明是回憶中互相幫助關懷、彼此理解體諒的人情與心意！這份陌生人之間的善良構成了作者記憶中最美好的煙花，時時煥發著光彩與溫暖。在人情日益淡薄的現代社會，能有如此溫暖人心的故事發生，可見人性本善或許並不是一個偽命題。作者藉生動的人物形象塑造詮釋了這個主題，故事情節簡單卻意味悠長。

點評

近幾年來，試卷 1 所選擇的寫人記事的散文可以說是越來越接地氣，不論是寫飯店服務員的《活得明白的人》，還是這篇聚焦小區理髮店老闆的《煙花驚艷》，關注的都是尋常生活中的普通人。但在這些普通人身上，作為日常生活觀察和記錄者的作者，總能捕捉到日常點滴中的小溫暖和人性背後的閃光點，很好地體現出散文寫作以小見大的特點。這也提醒我們同學要留心身邊的人和事，尤其要對平常生活中的普通人多些關注和留意。這篇文學分析雖然看起來並無什麼特別過人之處，但卻能從人物塑造這個點切入，針對文中的不同人物各個擊破，最後匯總到人物的共性上，進而挖掘出作品主題，達到某種 "四兩撥千斤" 的效果。在此過程中，考生也準確識別和分析了多種人物塑造方法，主題理解也有一定深度。這種寫法不同於從人物塑造方法切入的一般分析方式，它更有利於條理清晰地對有多個人物和角色的文本展開分析。但需要注意的是，並不是所有寫人記事的散文都適用這種 "面面俱到" 地談不同人物形象的寫法，關鍵還是要抓住構思的核心，即把握人物塑造背後的立意所在。像這篇散文，由於人物之間有明顯的性格共性，所以分頭討論是合適的。如果文章有明顯的中心人物且文章的主題也藉此人物來呈現，那就得斟酌是否要從人物塑造方法的角度切入才更為貼切了。

6. 永不坍塌

【散文原文】

下面這篇報告文學作品《永不坍塌》為胡敏所作，發表在《報告文學》2003年6月號。

　　一路顛簸後，我的面前終於出現了剪影般的一大片山巒，天黑著，有紛紛揚揚的雪花飄落，陰涼的山風吹在身上，不禁使我打了一個哆嗦。等了許久，從山影裏衝出一輛摩托車，到我面前戛然而止。正是我要找的尹代運。尹代運不高，但很壯實，跟我想象中的形象基本相符。我們的身後便是安徽省金寨縣的燕子河鎮。我走進了名聲顯赫的大別山。尹代運說，我已經給你安排好了，那是我們鎮上最好的賓館。他指了指我身後一座高高的建築。不——我即擺手。我是想到你家去，我是想去看看你們建的大橋，為住賓館，我會特意從上海來嗎？壯漢顯出了猶豫。

　　難道你不歡迎我去嗎？我不解。不是不是——尹代運忙解釋——離開我家還有十幾里路吶，並且路不好走。你不是有摩托車嗎？我有點心急地往摩托車的後座跨上去。心想，不就十幾里路嗎？即使路不好，至多也就顛個十來分鐘吧，能堅持的。我甚至帶點誇張地顯露出了自己的無所謂。尹代運笑了，再沒多說什麼，只說，那你坐好了。摩托車的馬達即刻便轟響起來，加上輪子有力地一拽，我感覺到自己被一種雄壯的力量牽引著，一頭撲進了黑黝黝大山裏。……摩托車突然猛地一轉彎，開始劇烈地顛簸起來。燈光很亮地照著路面。我猛然覺得後背起了一陣涼意。這也算是路嗎？才一米多寬！想必還是有人走的，泥濘且高低不平的路顯然是被腳踩過或被車輪碾過的樣子，隨處可見的水窪一定是落雪化了以後形成的，仍然有雪片不斷地在路上堆積，這些都使得車輪彈跳著滑動著，車子在搖搖擺擺中艱難地行進。其實，僅就這些並不足以讓我膽戰心驚的，燈光之外，便是山崖，儘管黑，我仍能想象得到路一側的下面是什麼樣的情景！我不由得害怕了，雙手抓緊了尹代運的肩膀，身體也緊貼了他的後背。尹代運一定是感覺到了我的緊張，輕鬆地笑了，說，沒事的，這條路是我們家五兄弟自己修的，我很熟悉的。話音裏的意思顯然是，你放心好了，我絕對不會把你摔下山崖去的。我聽懂了，其實聽懂了就更害怕，一顆懸著的心怎麼也放不下來。上坡了，坡度很陡，我估算著是 45 度的樣子，尹代運猛踩油門，車子是衝著往上去的。前面可是拐彎啊！拐彎盡頭一直往前看，深邃的黑暗張著恐懼的大口。如果不及時拐過去……我不敢再往下想，而是使勁閉起了眼睛，呼吸似乎也停止了，渾身已經涼透。憑感覺，車子拐過去了。人很奇怪，恐懼心往往跟好奇心混雜在一起的，我忽然想睜開眼睛看個究竟了。不看倒罷，一看，心又拎了起來，這下車子開始下坡了，前面又是拐彎，我再也不能保持矜持，不禁失聲喊道：剎車，剎車！沒事的。尹代運嘿嘿笑著，剎眼間，車子已經拐了過去。我覺得自己已經再也受不起這種擔驚受怕的折磨了，我很想請求他停下車，索性讓我自己來走吧。但我始終沒好意思說出口，最終至多是不時發問：還有多少路？我正希望快點到！尹代運肯定是明白了我的意思，安慰說，快到了，你看見前面的大橋了嗎？一過橋便到。你再望前看，有燈的地方就是我家。我先睜大眼睛使勁看前面的橋。我就是為了這座橋來的，此刻所有的擔驚受怕全是為了這座橋啊！天太暗了，等我終於看清了前面大橋灰白的輪廓時，摩托車已經駛上了橋面，摩托車似乎是歡快起來了，速度陡然加快。我大約是受了它的感染，或許是橋的平坦寬闊撫平了我心頭的驚顫，反正我心已坦然，惟有如此，我才能放心地去看前面尹家的那盞燈。我看清楚了，不僅看清楚了那盞溫暖的燈，還看清楚了燈下一個女人的身影。車子就在那燈光裏的女人跟前停了下來，尹代運開心地說，到家了。這是我老婆，那女人便輕悠悠地對我說了一聲：來了？似乎在和一個熟悉的人說話。我覺得了親切。

——胡敏，《報告文學》，2003 年 6 月號

請討論作者如何運用一系列文學表現手法來描述其旅途之驚險與起伏跌宕。

【散文分析】

淺析《永不坍塌》中多種表現手法的運用

選文描述了 "我" 在前往大別山尹代運家中，坐在他的摩托車上，歷經十幾公里山路的跌宕起伏和心情變化。作者運用了寓情於景、渲染烘托、直抒胸臆、對比襯托、設置懸念、想象聯想、虛實結合、鋪陳、伏筆、照應等一系列表現手法來描述旅途的驚險與跌宕起伏。

文章多次用到渲染烘托、寓情於景的表現手法，用旅途中的環境和氛圍來拉動情節，並將作者的情感融於景色和景物的描寫之中。文章開頭 "剪影般的一大片山巒" "天黑著" "紛紛揚揚的雪花" "陰涼的山風" 等對環境的描寫渲染出令人不安甚至恐懼的氛圍，通過景色表現出作者初到該地的忐忑和緊張，而第二段的景色描寫如 "一頭撲進了黑黝黝的大山裏" "深邃的黑暗張著恐懼的大口" "泥濘且高低不平的路" 等，進一步渲染了緊張的氣氛，表現出作者內心的害怕和恐懼，尤其是 "黑黝黝" "深邃的" "恐懼的" 等形容詞都能窺見作者內心的焦灼，讓讀者的心也跟著揪了起來。最後一部分關於大橋、燈光和家的描寫，則出現了反轉，"溫暖" "平坦寬闊" 等都表現出作者在經歷驚險之後的踏實和安穩。前後的環境描述反差帶來了文中人物的情感和情緒反差，也帶來了讀者的閱讀感受反差，恰恰更凸顯出旅途的起伏跌宕。

第二，配合環境描寫而進行的人物心理描寫也非常有效地凸顯了旅途的驚險和跌宕起伏。從一上路 "我感覺自己一頭撲進了黑黝黝的大山裏" "猛然覺得背後起了一陣涼意" 到想到路一側下面情景時 "我不由得害怕了"，再到聽到這條路是尹家五兄弟修葺時 "一顆懸著的心怎麼也放不下來"，加以視覺上看到 "深邃的黑暗張著恐懼的大口" 的刺激，"我不敢再往下想" "心又揪了起來"，最後到拐彎之後 "我覺得自己已經再也受不起這種擔驚受怕的折磨了"等全程心理直接的刻畫，既有基於直接視覺聽覺刺激所產生的心理感受，也有虛寫的作者想象，這些心理描寫和環境描寫有機地融在了一起，也牽動著讀者的閱讀情緒。有虛有實，虛實結合，將山路的崎嶇驚險和作者內心的緊張害怕展現得淋漓盡致。

最後，對比手法的使用，也使得跌宕起伏的旅途引人入勝，同時又為選段畫上了一個溫暖的句號。人物上，文章開始，尹代運的猶豫和作者無所謂甚至衝動的態度形成了鮮明的對比，襯托出作者"初生牛犢不怕虎"的心態，尤其是作者與尹代運的一系列對話，作者連續三個問句"難道你不歡迎我去嗎？""你不是有摩托車嗎？""不就十幾里路嗎？"讓讀者對尹代運的所作所為和欲言又止產生疑惑，設置了懸念，同時也為後面驚險的路途埋下了伏筆。結構上，選段最末的大橋的平坦寬闊、溫暖的燈光、家和女人的身影與山路的狹窄驚險形成了鮮明的對比，讓讀者產生一種"撥開雲霧見月明"的溫暖踏實感，作者的心態也因此發生了明顯的變化，由緊張害怕變為"坦然"，再次反襯出之前驚險旅途的跌宕起伏和意義所在。

本文運用了多種表現手法，將山路的崎嶇驚險、旅途中作者的緊張恐懼、大橋的平坦開闊描寫得清晰明瞭，讓讀者的心隨著作者的筆而起伏跳動，不愧為一篇優秀的報告文學作品。

點評

報告文學節選的出現實為今年出題的一大特色，使試卷1的文學體裁範圍有了進一步的拓展，打開了老師和學生的視閾。不同於詩歌《自燃》的就某一手法分析的設題方式，出卷官要求考生就"一系列"表現手法來作分析評論，大大加大了考生在現場的作答難度。但是，主題理解上卻降低了難度，即所有的表現手法都需要服務於展現"旅途驚險與起伏跌宕"這一核心。此題的設置方式，對老師和同學來講，依然符合大綱試卷1的精神，即有焦點的文學分析，但這個焦點是在主題上，而非在某一文學手法上。所以，考生不必在主題上泛泛而談甚至延展出去，不必講城市化進程中不同群體的付出和犧牲等，不必過多論述家庭成員的付出和"家"的溫暖讓跌宕起伏的旅途有了意義。因為手法的分析需要多點多面，所以火力不可再偏離主題。

　　選文可見考生平時訓練有素，對文學表現手法深諳於心，迅速鎖定了烘托渲染、人物心理描寫和對比的表現手法，所選文本證據都有效地指向了作者經歷的跌宕旅途與心情變化。考生除了識別出文中重要的環境描寫細節並進行分析外，還抓住了為數不多的幾次對話／語言描寫，進一步為分析旅途之跌宕起伏找到了重要的文本證據。

　　特別再次提醒考生的是，試卷 1 考生（普通水平）需在 75 分鐘之內完成有結構、有層次、言之有理有據的文學分析，但選文的長度和之前舊大綱的選擇相比並未有明顯的縮短，這就需要考生在考場上迅速鎖定最重要的文學手法，大膽捨棄無關焦點的內容，論述不旁逸斜出。

第四編　戲劇分析

1. 玩偶之家

【戲劇原文】

以下選文選自丹麥劇作家易卜生的戲劇《玩偶之家》全劇的結尾部分。女主人公娜拉最終選擇了離家出走。

娜　拉　照我現在這樣子，我不能跟你做夫妻。

海爾茂　我有勇氣重新再做人。

娜　拉　在你的泥娃娃離開你之後——也許有。

海爾茂　要我跟你分手！不，娜拉，不行！這是不能設想的事情。

娜　拉　（走進右邊屋子）要是你不能設想，咱們更應該分開。（拿著外套、帽子和旅行小提包又走出來，把東西擱在桌子旁邊椅子上。）

海爾茂　娜拉，娜拉，現在別走。明天再走。

娜　拉　（穿外套）我不能在生人家裏過夜。

海爾茂　難道咱們不能像哥哥妹妹那麼過日子？

娜　拉　（戴帽子）你知道那種日子長不了。（圍披肩）托伐，再見。我不去看孩子了。我知道現在照管他們的人比我強得多。照我現在這樣子我對他們一點兒用處都沒有。

海爾茂　可是，娜拉，將來總有一天——

娜　拉　那就難說了。我不知道我以後會怎麼樣。

海爾茂　無論怎麼樣，你還是我的老婆。

娜　拉　托伐，我告訴你，我聽人說，要是一個女人像我這樣從丈夫家裏走出去，按法律說，她就解除了丈夫對她的一切義務。不管法律是不是這樣，我現在把你對我的義務全部解除。你不受我拘束，我也不受你拘束。雙方都有絕對的自由。拿去，這是你的戒指，把我的也還給我。

海爾茂 連戒指都要還？

娜 拉 要還。

海爾茂 拿去。

娜 拉 好。現在事情完了。我把鑰匙都擱在這兒……

海爾茂 完了！完了！娜拉，你永遠不會再想我了吧？

娜 拉 喔，我會時常想到你，想到孩子們，想到這個家。

海爾茂 我可以給你寫信嗎？

娜 拉 不，千萬別寫信。

海爾茂 可是我總得給你寄點兒——

娜 拉 什麼都不用寄。

海爾茂 你手頭不方便的時候我得幫點兒忙。

娜 拉 不必，我不接受生人的幫助。

海爾茂 娜拉，難道我永遠只是個生人？

娜 拉 （拿起手提包）托伐，那就要等奇跡中的奇跡發生了。

海爾茂 什麼叫奇跡中的奇跡？

娜 拉 那就是說，咱們倆得改變到——喔，托伐，我現在不信世界上有
　　　 奇跡了。

海爾茂 可是我信。你說下去！咱們倆都得改變到什麼樣子——？

娜 拉 改變到咱們在一塊過日子真正像夫妻。再見。

　　　 （她從門廳走出去。）

海爾茂 （倒在靠門的一張椅子裏，雙手蒙著臉。）娜拉！娜拉！（四面望
　　　 望，站起身來）屋子空了。她走了。（心裏閃出一個新希望）

　　　 啊！奇跡中的奇跡

　　　 ——樓下砰的一響傳來關大門的聲音。

—— 易卜生，《玩偶之家》，人民文學出版社，潘家洵譯，1978 年

選段運用了哪些手法來刻畫娜拉這一獨立女性形象？

【戲劇分析】

淺析結尾選段對娜拉獨立女性形象的刻畫

　　新時代女性對人格尊嚴的維護與對經濟獨立的追求是現當代女權主義文學探索的重要母題。在戲劇《玩偶之家》的結尾選段中，作者易卜生通過展示娜拉與其丈夫海爾茂不可調和的衝突與她決意離家出走的堅定意念，將全劇推向高潮。藉助人物台詞、舞台提示語和象徵手法的運用，作者成功塑造出一個堅毅果敢的獨立女性形象，並藉此表明勇敢伸張和積極抗爭是新時代女性掙脫父權文化枷鎖、走向自由與平權的必由之路。

　　《玩偶之家》結尾部分娜拉的唸白句式簡短精煉，毫無拖沓與婉轉的表達，多直陳祈使，少抒情議論，語氣平白而不失力量，冷淡而不失果決，展現了新時代獨立女性的語言精神風貌。文中多處出現的直截了當的強調否定式，諸如"我不能跟你做夫妻""要是你不能……咱們更……""不能在生人家過夜""不，千萬別寫信""什麼都不用寄"以及反覆的告別（如兩次"再見"），有效構築了一個敢作敢為的女性形象。而在後半部分，娜拉關於法律義務與婚姻締結條約的解讀與論述則為其出走的原因增添了一分理性主義的色彩，展現了新時代女性熟練運用法律武器維護與爭取自身合法權益的勇敢作為，從而與僅靠傾泄感情的海爾茂在認知層次上形成了一種"反傳統"的二元對立。相反，海爾茂在劇中反覆的規勸與糾纏則顯得單薄無力：從"明天再走"的挽留到"像哥哥妹妹那麼過日子"的好言相勸，從"會想我嗎"的感情訴諸到"我得幫點兒忙"的利好誘惑，海爾茂層層遞進的試探性疑問句和感歎句與娜拉的直陳產生鮮明的對比，展現出了他面對女性直接反抗時手足無措、卑躬屈膝、虛偽做作的神態。

　　除了人物唸白，富有節奏韻律、聯動流暢的舞台提示語同樣也是塑造娜拉獨立堅強女性形象的一大核心戲劇要素。在選段的第六到十行中，作者連續使用了"穿外套""戴帽子""圍披肩"及後續的"拿起手提包"等多個簡明直接的動作提示語，描寫了娜拉收拾家當、整理行裝之流暢迅捷，一方面表現出娜拉離開的心意已決，顯示出其果敢堅決，另一方面也是藉助快速、高密度的動作激化戲劇衝突，釋放出因先前含垢忍辱、遭受百般欺凌而積壓的怨氣與忿怒，使前後對比更加明顯，展現出量變引發質變的結構必然。相反，結尾部分在娜拉出走後，關於海爾茂的動作與神態指示語則起到了反襯女性重要社會地位的作用。"倒在靠門的一張椅子裏，雙手蒙著臉"展現了他內心的追悔與痛惜，"四面望望，站起身來"則刻畫了他在妻子離去，獨自留下時的寂寞、悵寥與迷惘。作者通過刻意渲染這種失落的感性因素，賦予了海爾茂與先前霸蠻虛偽的傳統大男子主義截然不同的身份認同，彰顯了其軟弱可欺的弱者形象，也由此反襯和強調了女性在家庭與社會生活中不可替代的重要作用。

選段在塑造娜拉形象時，象徵主義的表現手法也值得一提。譬如文末出現的"奇跡"一詞，借用馬克思主義的階級衝突理論與安東尼奧·葛蘭西的文化霸權理論，它可以理解為被壓迫階級對統治階層至上而下進行溫和改革的某種一廂情願、烏托邦式的幻想。而娜拉宣稱"不相信世界上有奇跡了"，正表明她已然洞見了自己與以她丈夫為代表的大男子主義文化之間不可調和的衝突。戲劇末尾提到"樓下砰的一響傳來關大門的聲音"，這一聲關門巨響既可視為全劇的終點，也可理解為拉響女性解放思潮的革命炮響的象徵。娜拉在結尾處的這一行動，展示的正是女性由特殊到一般、由個體到群體的意識覺醒與全面抗爭。

綜覽選段，易卜生以生動的對白、簡扼的舞台指示與深刻的象徵主義表現手法，刻畫了一位不向社會傳統低頭、勇敢抗爭的女性形象，是一次積極的、具體而又廣泛的、對於女性平權運動的文學性詮釋與回應。

 點評

戲劇選段在試卷1中並不多見，但作為一種重要的文學體裁類型，由於其"現在進行時"的特點，很能考驗學生進入戲劇情境、把握戲劇衝突的能力。像戲劇衝突、人物台詞、舞台說明等，都是常見的戲劇人物形象塑造方法。這篇節選出自"現代戲劇之父"易卜生代表作《玩偶之家》的結尾部分，是整個故事男女主人公之間的矛盾衝突達到頂點之處，人物性格也在此處得到淋漓盡致的展示。考生能根據引導題，結合具體文本，從人物的台詞、舞台說明等方面展開分析，條理清晰，重點明確，尤其對於人物行為背後的象徵意義也有關注，展示出對於作品主題的深刻理解。總的來說，這種圍繞人物塑造技巧"花開三朵，各表一枝"的寫法，是一種比較典型的圍繞焦點多層次展開的結構方式，但在運用中需注意對各"枝"文學手法的識別一定要準確。這也提醒我們：在試卷1複習階段需要對各種不同文學體裁的常用技巧有充分的積累和準確的把握。

2.傳家寶（一）

【戲劇原文】

以下選文選自話劇劇本《傳家寶》，作者胡永忠、張湞，發表在《劇本》2018 年三月號。

宋　歡　　爸，媽，我回來了。（窺了一眼廚房，進內，抓了幾顆花生米出來，一顆一顆拋送進嘴裏，騰出一隻手，在家裏翻找著甚麼）
　　　　　［手機鈴聲響。］

宋　歡　　（接電話，用手遮掩著話筒，低聲）喂，吳老闆，你好，中秋快樂！我那個事怎麼樣啦？訂金的事啊……對！吳老闆，那一點兒錢對你來說，簡直就是"灑灑水"啦，你就不要再跟我磨牙還價了……
　　　　　［宋承宗繫著圍裙，端著一盆做好的魚上。］

宋承宗　　好了，好了，色香味俱全！宋歡，趕緊地去裏屋把爺爺喊出來，開飯！

宋　歡　　（摀住話筒）爸，我在給人打電話。

宋承宗　　今天是中秋節，我跟你媽忙了半天，滿滿一桌菜，你也不說來給我們幫幫手。整天抱著個手機，電話不斷！

宋　歡　　（繼續打電話，不耐煩地）好吧，我就信你最後一次，這一次，你可得把訂金先打到我賬上。我他媽洪荒之力都使出來了，你可不能再忽悠我。（掛斷電話）

宋承宗　　你聽聽，你現在怎麼跟人家講個電話都一嘴的不文明。

宋　歡　　爸，年輕人的事情你就不要操那麼多心了。（暗自嘟囔）管好自己，比甚麼都好。

宋承宗　　甚麼叫管好自己？哦，我跟你媽在廚房裏忙了半天，臨了，我喊你吃飯你還不耐煩了？什麼叫管好自己？

宋　歡　我的意思是：咱們家各人幹各人的事情，不要過多地過問別人的事情。這叫民主家庭。民主家庭就是自己管好自己。

宋承宗　你還跟我講民主家庭，就你那樣，再不管管，你都狂野得像一頭非洲豪豬了！

宋　歡　非洲豪豬怎麼了？刺多，誰都不敢碰，挺好啊。

宋承宗　好，好，你能耐大，比我這個做爸爸的能耐大！

宋　歡　我沒這樣說。

宋承宗　（不耐煩地）咱倆都別較勁了。你去，把你爺爺喊出來，咱們開飯了。

宋　歡　（對內大喊）爺爺，開飯了！

宋承宗　我讓你進裏屋去喊，你在這喊什麼？

宋　歡　（語氣重些）站這兒喊跟進屋裏喊有區別嗎？爸，你不是到了更年期吧？

　　　　［宋承宗指著宋歡，氣得說不出話，解下圍裙摔在椅子上。］

　　　　［玉青端著一碗湯上。］

玉　青　哎，快快快……兒子，給我接個手！

　　　　（看見宋承宗冷著臉坐在一邊）怎麼了這是？

　　　　［宋承宗不說話。］

玉　青　宋歡，你又跟你爸爸犟嘴了？

宋　歡　哪兒啊？我怎麼敢跟他犟嘴，他可是一家之主。

玉　青　那這到底是怎麼了？臉冷得像個冬天的凍柿子似的。

宋承宗　不說了，今天是中秋節……

玉　青　就是啊，過個節都不好好的。有什麼好吵的，你是他爸，他是你兒子。

宋承宗　是啊，我是他爸。（苦笑）

玉　青　我都不愛說你們倆，見面就鬥。

宋　歡　媽……

玉　青　　　好好好，不說。進屋去喊你爺爺出來吃飯。

宋　歡　　　唉。（進屋）

　　　　　　［宋承宗看著宋歡的背影。］

宋承宗　　　哎，我說，我叫他喊爺爺吃飯，他就站著狂喊一句。怎麼你叫他去，他就去了？

玉　青　　　你老是跟他吼，他能不煩你嘛。

　　　　　　［宋承宗感覺跟玉青也說不出什麼道理，索性不做聲了。］

玉　青　　　你這魚……

宋承宗　　　這魚怎麼了？

玉　青　　　醬油，醬油沒放吧？

宋承宗　　　這是清蒸魚放什麼醬油啊？

玉　青　　　清蒸是清蒸，可是我說好出鍋的時候放蒸魚醬油的呀。

宋承宗　　　不是一樣吃嗎？

玉　青　　　怎麼就一樣的吃了呢？你說說你這人。我讓你做什麼事你能做好？這麼多年，就知道跟兒子犟，犟。

宋承宗　　　怎麼又提到兒子了？

玉　青　　　怎麼？我說你，還不服氣了，兒子這麼大了，連個正經工作都沒有。

宋承宗　　　這能怪我嗎？

玉　青　　　怎麼不怪你啊？這家裏大大小小的事，不都是我在管，你管過什麼了？對了，我問你，讓你問那房子的事怎麼樣了？

　　　　　　［宋承宗支吾著，不予回答。］

玉　青　　　哎！你說呀。

　　　　　　［宋承宗站起身往廚房走。］

玉　青　　　站住！這是怎麼回事？

宋承宗　　　（語氣放低）我到廚房看看……

玉　青　　　我在問你買房的事情哩。

宋承宗　　　我瞭解過了……

玉　青	怎麼樣？
宋承宗	又漲了。
玉　青	漲了多少？
宋承宗	（懊惱）漲了一倍！
玉　青	漲啦？哎喲，老宋啊，老宋，你說說你這個人啊，我早就跟你說過，把房子先弄好了，你就是不聽，現在好了，又漲了，你看看這裏馬上要拆遷，兒子大了要結婚，老爺子身體又不好，這真要拆了，你讓我們住哪兒去呀？這不是更買不起了嗎？
宋承宗	本來就買不起，這能怪我嗎？
玉　青	怎麼不怪你啊！你整天就知道弄你那個破玩意兒，有什麼用啊？ 〔宋承宗站起身就向門外走。〕
玉　青	哎！你幹嘛去？
宋承宗	打醬油去！（滿臉煩躁地下） 〔靜場。〕

——胡永忠、張滇，《劇本》，2018 年

引導題

作品如何通過對話來揭示人物之間的關係？

【戲劇分析】

從對話看戲劇《傳家寶》節選中的不同衝突

　　戲劇的對話往往豐富多彩，讀者可以從人物台詞及相應的舞台提示語中把握人物之間的關係及戲劇的主題。在胡永忠、張滇的話劇劇本《傳家寶》選段中，生動的對

話便起到了這樣的效果。在選段的人物對話中，作者巧妙運用個性化的人物台詞和舞台提示語，揭示了宋承宗、玉青和宋歡這一家三口之間的矛盾衝突以及家庭與社會的矛盾，展現了複雜的中國式家庭中的人物關係，也折射出了當代中國家庭在面對現實生活難題時的困境，讀來頗有意味。

首先，作者通過人物對話書寫了宋承宗和宋歡父子兩人間的衝突，該衝突主要表現為父親極力想樹立家長權威而兒子卻處處反抗。選段一開頭兩人對話中便隱現出一絲不和諧——宋承宗對宋歡的態度是指令式的，無論是直呼其名的"宋歡"還是近乎命令的"趕緊地去裏屋把爺爺喊出來"，都可見其強勢。然而，宋歡卻對父親的強勢和指責並不買賬，"爸，年輕人的事情你就不要操那麼多心了"一句將自己與父親的身份進行了對立劃分，"年輕人"暗示了父親與自己不是同一類人故而無法理解自己，而"管好自己，比什麼都好"則進一步對這位可能並未"管好自己"的父親的權威提出了質疑，顯示出宋歡既不認可也不願意接受父親對自己的管束和居高臨下的指責，兩代人在價值觀和生活方式上的隔閡可見一斑。舞台提示語補充的"暗自嘟囔"這個細節則表明兒子此刻雖有反抗，但仍對父親留有一定尊重。隨後，宋歡又強調"民主家庭就是自己管好自己"，可視為一種話裏有話的直接"回擊"，暗含了希望父親管兒子之前先管好自己的潛台詞。與兒子的冷嘲熱諷形成鮮明對照的，是父親在感覺權威受到挑戰後的暴躁和憤怒。"什麼叫管好自己？""我喊你吃飯你還不耐煩了？"等連續的反問句展現了他對兒子敢反抗他的不安，稱兒子"狂野得像一頭非洲豪豬"則帶有某種氣急敗壞的憤怒，而"比我這個做爸爸的能耐大"則是他試圖強調自己身份和權威的言語壓迫。最終，兩人對話中的衝突在兒子一句"你不是到了更年期吧"的嘲諷中達到高潮，舞台提示語中的"指著宋歡""氣得說不出話"以及"解下圍裙摔在椅子上"等系列的動作和神態，充分展示了父親在兒子面前的無力。縱觀父子兩人爭吵的衝突，其實都是家庭瑣事——從講電話中的不文明用語到喊爺爺吃飯的方式，宋承宗這位名義上的"一家之主"想在兒子面前展示自己的作為父親的權威，但卻屢屢碰壁，引發讀者思考"父為子綱"的傳統觀念在當代社會面臨的新挑戰。

節選中對話展示出的第二層衝突，體現為宋承宗和玉青間的夫妻衝突。這一衝突的核心是兩人在家庭中的角色和貢獻。如果說面對兒子時，宋承宗還聲色俱厲地勉強保持著作為父親的強勢，在面對妻子時，他則完全處於弱勢地位。玉青的台詞是直接而毫不客氣的，"你說說你這人，我讓你做什麼事你能做好""我在問你"等一系列將主體玉青置於客體宋承宗之上的語式，具有很強的質詢性和壓迫感，與之相對的是宋承宗"不做聲了""支吾著、不予回答""向門外走"等一系列帶有逃避意味的舞台提示，體現出宋承宗面對妻子時的唯唯諾諾和不知所措。而造成兩人地位不平等的原因在妻子對丈夫的質問中被點出——"這家裏大大小小的事，不都是我在管，你管過什麼了？"可見宋承宗在妻子面前沒有話語權的原因是他對家中事務操心甚少，這也與前文兒子台詞中"各人幹各人的事情"形成呼應。夫妻間這種支配和被支配的人物關係在關於燒魚的對話中體現得尤為明顯。面對玉青說他"醬油沒放"的指責，儘管宋承宗試圖用"不是一樣吃嗎？"來敷衍，但最終還是屈服於玉青去打醬油，"滿臉煩躁"的舞台提示讓人物內心不滿卻又無奈的情緒溢於言表。和前面父子衝突因家庭瑣事而起一樣，夫妻間的這種小吵小鬧也是因柴米油鹽的小事而起，貼切的對話和舞台說明，精準再現了極富"煙火氣"而非"火藥味"的家庭生活場景，也引發讀者對中國傳統男主外女主內的家庭關係的反思。

節選中最後一層衝突體現為整個家庭與外部環境（社會）的矛盾。這一衝突也幫助解釋了前兩層衝突——歸根結底，父子和夫妻之間充滿著因為生活瑣事的爭吵，正是源於該家庭現在處於一個困境中。從玉青追問宋承宗"那房子的事怎麼樣了？"到得知房子"漲了一倍"後抱怨"我早就跟你說過，把房子先弄好了，你就是不聽"，再加上宋承宗"本來就買不起，這能怪我嗎"的回應，這些對話都表明買不起房潛在的失居風險是籠罩這個家庭的一道陰霾，也導致一家三口在本該團圓和美的中秋節依然為此懸心。無論是開頭宋歡與吳老闆催要"訂金"的電話，還是宋承宗帶來的房價"又漲了"的消息，都在節選中的宋家這一特定空間之外建構起了一個房價飛漲、掙錢不易的外部社會環境。這個家庭與社會環境的矛盾衝突並不像前面的父子和夫妻衝突一樣在對話中被集中呈現，卻又通過人物的台詞和台詞中的焦慮貫穿全文，構成了節選的第三層衝突。

綜上，聚焦於一家三口中秋節飯前的一幕日常生活場景，通過人物間的對話，作者生動展示了父子間、夫妻間和家庭與社會之間的三層衝突，把當代中國家庭的人物關係和生存現狀刻畫得如在眼前，引人深思。

點評

　　台詞是戲劇刻畫人物、揭示主題最重要的手段之一，也是劇本構成的基本成分，而對白又是台詞中最常見的一種類型。這篇節選給出的引導題沒有用"對白"而用了"對話"，並藉此指向其背後的人物關係，可以說給考生指明了寫作方向。需要注意，只有當日常對話有了"意味"，才會變成戲劇的對白。所以在分析對話的過程中，一定要能夠把隱藏在它背後的內容挖掘出來。

　　這篇文學分析能夠從人物對話切入，始終聚焦"衝突"，逐步分析出由人物對話體現出的不同家庭成員間的關係狀態，並由此挖掘出隱藏在故事背後的深層內涵，可謂層層遞進，由表及裏。考生把選段中的衝突分為父子之間、夫妻之間以及家庭與社會之間這樣三大類，並關注到"父為子綱"和"男主外女主內"等傳統中國家庭觀念在這個家庭中所遭遇的新挑戰，展示出較強的文本理解和邏輯分析能力，在評估標準A和評估標準C上都有很不錯的表現。就評估標準B來說，除了對戲劇衝突的準確把握，考生還對潛台詞、舞台指示語作出了恰到好處的分析，展示出對戲劇文學體裁特徵的良好理解。這篇分析文章在兼顧技巧和主題理解方面可謂做出了一個示範，利用對話揭示的不同類型戲劇衝突來搭建寫作框架，既很好地回應了引導題，也很自然地展示出對於戲劇文學體裁特徵和主題的理解。

　　順便補充一句，常見的戲劇衝突包括人物內心的衝突、人與人之間的衝突以及人與外部環境的衝突等幾種大的類別，如果在考試前能對此有所儲備，對於在限定時間內快速識別和分析文本中的衝突類型是大有裨益的。

3.傳家寶（二）

【戲劇原文】

以下選文選自話劇劇本《傳家寶》，作者胡永忠、張滇，發表在《劇本》2018年三月號。

宋　歡　爸，媽，我回來了。（窺了一眼廚房，進內，抓了幾顆花生米出來，一顆一顆拋送進嘴裏，騰出一隻手，在家裏翻找著什麼）

　　　　［手機鈴聲響。］

宋　歡　（接電話，用手遮掩著話筒，低聲）喂，吳老闆，你好，中秋快樂！我那個事怎麼樣啦？訂金的事啊……對！吳老闆，那一點兒錢對你來說，簡直就是"灑灑水"啦，你就不要再跟我磨牙還價了……

　　　　［宋承宗繫著圍裙，端著一盆做好的魚上。］

宋承宗　好了，好了，色香味俱全！宋歡，趕緊地去裏屋把爺爺喊出來，開飯！

宋　歡　（捂住話筒）爸，我在給人打電話。

宋承宗　今天是中秋節，我跟你媽忙了半天，滿滿一桌菜，你也不說來給我們幫幫手。整天抱著個手機，電話不斷！

宋　歡　（繼續打電話，不耐煩地）好吧，我就信你最後一次，這一次，你可得把訂金先打到我賬上。我他媽洪荒之力都使出來了，你可不能再忽悠我。（掛斷電話）

宋承宗　你聽聽，你現在怎麼跟人家講個電話都一嘴的不文明。

宋　歡　爸，年輕人的事情你就不要操那麼多心了。（暗自嘟囔）管好自己，比什麼都好。

宋承宗　什麼叫管好自己？哦，我跟你媽在廚房裏忙了半天，臨了，我喊你吃飯你還不耐煩了？什麼叫管好自己？

宋　歡　　我的意思是：咱們家各人幹各人的事情，不要過多地過問別人的事情。這叫民主家庭。民主家庭就是自己管好自己。

宋承宗　　你還跟我講民主家庭，就你那樣，再不管管，你都狂野得像一頭非洲豪豬了！

宋　歡　　非洲豪豬怎麼了？刺多，誰都不敢碰，挺好啊。

宋承宗　　好，好，你能耐大，比我這個做爸爸的能耐大！

宋　歡　　我沒這樣說。

宋承宗　　（不耐煩地）咱倆都別較勁了。你去，把你爺爺喊出來，咱們開飯了。

宋　歡　　（對內大喊）爺爺，開飯了！

宋承宗　　我讓你進裏屋去喊，你在這喊什麼？

宋　歡　　（語氣重些）站這兒喊跟進屋裏喊有區別嗎？爸，你不是到了更年期吧？

[宋承宗指著宋歡，氣得說不出話，解下圍裙摔在椅子上。]

[玉青端著一碗湯上。]

玉　青　　哎，快快快……兒子，給我接個手！
　　　　　（看見宋承宗冷著臉坐在一邊）怎麼了這是？

[宋承宗不說話。]

玉　青　　宋歡，你又跟你爸爸犟嘴了？

宋　歡　　哪兒啊？我怎麼敢跟他犟嘴，他可是一家之主。

玉　青　　那這到底是怎麼了？臉冷得像個冬天的凍柿子似的。

宋承宗　　不說了，今天是中秋節……

玉　青　　就是啊，過個節都不好好的。有什麼好吵的，你是他爸，他是你兒子。

宋承宗　　是啊，我是他爸。（苦笑）

玉　青　　我都不愛說你們倆，見面就鬥。

宋　歡　　媽……

玉　青　　好好好，不說。進屋去喊你爺爺出來吃飯。

宋　歡　　唉。（進屋）

　　　　　　〔宋承宗看著宋歡的背影。〕

宋承宗　　哎，我說，我叫他喊爺爺吃飯，他就站著狂喊一句。怎麼你叫他
　　　　　去，他就去了？

玉　青　　你老是跟他吼，他能不煩你嘛。

　　　　　　〔宋承宗感覺跟玉青也說不出什麼道理，索性不做聲了。〕

玉　青　　你這魚……

宋承宗　　這魚怎麼了？

玉　青　　醬油，醬油沒放吧？

宋承宗　　這是清蒸魚放什麼醬油啊？

玉　青　　清蒸是清蒸，可是我說好出鍋的時候放蒸魚醬油的呀。

宋承宗　　不是一樣吃嗎？

玉　青　　怎麼就一樣的吃了呢？你說說你這人。我讓你做什麼事你能做好？
　　　　　這麼多年，就知道跟兒子犟，犟。

宋承宗　　怎麼又提到兒子了？

玉　青　　怎麼？我說你，還不服氣了，兒子這麼大了，連個正經工作都
　　　　　沒有。

宋承宗　　這能怪我嗎？

玉　青　　怎麼不怪你啊？這家裏大大小小的事，不都是我在管，你管過什麼
　　　　　了？對了，我問你，讓你問那房子的事怎麼樣了？

　　　　　　〔宋承宗支吾著，不予回答。〕

玉　青　　哎！你說呀。

　　　　　　〔宋承宗站起身往廚房走。〕

玉　青　　站住！這是怎麼回事？

宋承宗　　（語氣放低）我到廚房看看……

玉　青　　我在問你買房的事情哩。

宋承宗　　我瞭解過了……

玉　青	怎麼樣？
宋承宗	又漲了。
玉　青	漲了多少？
宋承宗	（懊惱）漲了一倍！
玉　青	漲啦？哎喲，老宋啊，老宋，你說說你這個人啊，我早就跟你說過，把房子先弄好了，你就是不聽，現在好了，又漲了，你看看這裏馬上要拆遷，兒子大了要結婚，老爺子身體又不好，這真要拆了，你讓我們住哪兒去呀？這不是更買不起了嗎？
宋承宗	本來就買不起，這能怪我嗎？
玉　青	怎麼不怪你啊！你整天就知道弄你那個破玩意兒，有什麼用啊？
	［宋承宗站起身就向門外走。］
玉　青	哎！你幹嘛去？
宋承宗	打醬油去！（滿臉煩躁地下）
	［靜場。］

——胡永忠、張湞，《劇本》，2018 年

引 導 題

選文如何通過極具特色的對話設計來揭示對家庭關係的反思？

【戲劇分析】

淺析《傳家寶》選段的語言特色

　　積攢許久的家庭矛盾往往因一些小事的摩擦而升級甚至爆發。《傳家寶》劇本選段由中秋節時父子間的一次言語摩擦講起，通過對家庭成員間的矛盾衝突和家庭所面臨

的困境生活的展示，描繪出了一幅當代一家三口核心家庭的日常生活圖景。選段主要圍繞兒子和父親及父親和母親間的兩組衝突展開，層層遞進，不論從對話內容還是言語形式來看，人物間的對話都具有鮮明的語言特色，對展示作者對當代中國家庭關係的反思起到了重要作用。

首先看父子衝突，兩人間的對話可謂是"剛柔並濟"，作者藉助人物言語"交鋒"的過程，充分展示了兩代人之間不可調和的代溝。父子間的爭執，由兒子因打電話沒有及時回應父親的吃飯喊話開始，並迅速上升為兩人對家庭氛圍和規則不同理解的衝突。

其一，對話之"剛"，主要表現為人物情緒上升之際的憤怒言辭。父親角度來看，從一開始"趕緊地去裏屋把爺爺喊出來"開飯的指令，到"整天抱著個手機"不給爸媽"幫幫手"的埋怨，再到"一嘴的不文明"的批評指責，父親的情緒可謂是層層升級，對兒子行事方式的不滿溢於言表，但父親這種要樹立居高臨下的家長權威的努力，最終卻在兒子面前碰了一鼻子灰——"氣得說不出話，解下圍裙摔在椅子上"，這一舞台說明恰到好處地展示了人物氣急而又無奈的心理狀態。兒子這邊，從一開始"我在打電話"的客氣回應，到"年輕人的事情你就不要操那麼多心了"的委婉提醒和劃清界限，再到"管好自己，比什麼都好"的暗地回敬，兒子的情緒也隨著父親話語的一步步"越界"而不斷升級，"暗自嘟囔"這一舞台說明更是表明了兒子表面客氣實則不滿的真實心理狀態。當父親連續重複兩次"什麼叫管好自己"來質問兒子時，兒子索性搬出了"民主家庭"的大旗，潛台詞則是提醒父親要先管好自己，氣得父親只能用"你都狂野得像一頭非洲豪豬了"的辱罵和咆哮來應對。最後，兒子加重語氣甩出一句反問："爸，你不是到了更年期吧"，更是徹底把父親氣得無語。父親對尊老禮節的強調，在兒子眼裏則完全是吹毛求疵。短短幾句對話中，一個處處要管教，一個則頗多不服，藉助貼近人物身份與性格的對話設計，父子兩人的代溝感和隔閡感顯露無遺。

其二，對話之"柔"，主要體現柔中帶"刺"和柔而"不斷"，即人物言語的諷刺性和情緒的反覆性。諷刺始於父親，眼見言語上佔不了上風，宋承宗便諷刺兒子"比我這個做爸爸的能耐大"，潛台詞即兒子在父親面前太過要能耐且不聽管教，這一招可謂以退為進。兒子則在隨後當著母親的面用"他可是一家之主"來嘲諷父親，潛台詞直指父親好管閒事。後來在母親試圖調和矛盾時，父親再次無奈地自嘲說"是啊，我是他爸"，好似親情已散盡而空剩軀殼了，"苦笑"的舞台說明更是流露出對自己作為父親很失敗的感歎。通過反語策略來諷刺對方或調侃自己，既充分展示出兩人對彼此的不滿情緒，也表明父子關係尚未完全惡化，人物關係的矛盾複雜性由此可見一斑。除了言語的諷刺性，兩人對話中還流露出情緒的"反覆性"。父親曾兩度試圖通過退讓來化解矛盾："咱倆都別較勁了""不說了，今天是中秋節"，但最終還是沒能控制住自己的情緒——一會兒又批評兒子叫爺爺的方式不對，一會兒又在母親面前控訴兒子。兩人似乎都清楚這樣的衝突無意義，但還是忍不住要在言語上分出個勝負。這也表明父子間的矛盾衝突由來已久，日常生活的言語摩擦很容易就會讓情緒燃爆。

在整個父子衝突過程中，作者這種"剛柔並濟"的對話設計，把父子間的代溝感、話語的諷刺感、情緒的不可控制感展現得淋漓盡致，而這種"劍拔弩張"的關係可謂是當代中國家庭父子關係的真實寫照，引人深思。

如果說父子衝突是針尖對麥芒，那夫妻間的衝突則可謂是"進退有度"，一方面對話呈現出互有進退的特點——妻子是先溫和後嚴肅，丈夫則是先狡辯後逃避，另一方面又可謂分寸感十足，兩人的嘮叨和爭論中仍然流淌著老夫老妻難分難解的情分與愛意，使得日常的家庭爭吵更多了幾分煙火氣。

先看丈夫的言語方式如何把妻子的怒火點燃。玉青一登場是作為父子矛盾的調解人，與丈夫本沒有正面衝突。但隨著兒子的下場，宋承宗答話的態度很快把玉青激怒。"你老是跟他吼"的"老是"流露出玉青對丈夫與兒子溝通方式的不滿，"你這魚……"的欲言又止則暗藏著對丈夫做事不靠譜的無奈，豐富的潛台詞使得玉青的話語情緒感十足。而疑問句式和反問語氣的運用則充分凸顯了宋承宗與妻子說話的特點，從"這魚怎麼了"一般疑問到"這是清蒸魚放什麼醬油啊"以及"不是一樣吃嗎"的反問，這種回應方式也使玉青的情緒快速燃爆。當話題轉移到兒子的工作和房子，玉青開始完全佔據主動，而宋承宗語末斷續的省略號和"起身往廚房走""語氣放低""站起身往門外走"等舞台提示語，則揭示出他在面對妻子追問時的心虛和逃避。短短幾句對話往來，可謂是由表及裏地揭示了所有家庭不和諧的根源之一：經濟問題。妻子提到的"兒子連個正經工作都沒有""這裏馬上要拆遷"等，都是關乎家庭生計與穩定的迫切問題，而妻子則把這些問題歸咎於丈夫，從"這麼多年""大大小小的事""都"等限定成分看，妻子對丈夫的不滿已經持續了很久，這回只是藉醬油的事情發泄出來。

再看妻子的言語方式如何增加這個核心家庭生活的煙火氣。妻子登場後沒幾句話便直接用一句"我都不愛說你倆，見面就鬥"作結，可謂是父子各打五十大板，然後用"進屋喊你爺爺出來吃飯"支開了兒子，母親斡旋父子矛盾的智慧由此可見一斑。此場景也暗示出妻子可能不止一次扮演過父子矛盾調解人的角色。而在與丈夫單獨對話的一開始，妻子玉青就連續使用了"嘛""吧""呀""呢""哎""哩""啊"等語氣詞，帶有協商意味而不顯生硬，充分顯露出對丈夫的包容和對家庭談話氛圍的積極調節。即便在因丈夫回話態度大為不悅時，妻子也沒有上綱上線無理取鬧，而是用關於家庭困難的種種"事實"和丈夫整天就知道搗鼓"那個破玩意兒"的日常表現來說理，使得"怎麼不怪你啊"一句能夠懟得丈夫無話可說。或許正是妻子的這種"有度"的溝通方式，讓丈夫自覺理虧而主動退避。作者藉助個性化的台詞設計，巧妙勾勒出不同人物的言語習慣，在展示夫妻瑣碎的日常爭吵的同時，也把隱藏在嘮叨與埋怨背後的夫妻情誼揭示了出來。

總的來說，選段中父子和夫妻間的衝突皆因小事而起，並一步步走向不可控的情緒爆發。父親將對兒子說話習慣的不滿上升到不可調和的相互否認，妻子則由丈夫燒魚沒放醬油而翻出一長串舊賬。這可以說是當代許多中國家庭的真實寫照：家人們往往不願明確而直接地討論他們所面臨的困難，卻總習慣於在日常小事上找機會宣洩不滿，使得整個對話都顯得不講道理而荒謬。故事的發生時間——中秋節也值得玩味。在這個本該闔家團圓的中國傳統佳節，一個典型的當代中國家庭卻因一點小事而爭吵得不可開交，相信不少讀者都能在劇本中找到自己家庭的影子。作者巧妙的對話設計和緊張的衝突設置很容易引發讀者反思：究竟怎樣才能有效溝通，呵護我們寶貴的親情？

點評

《傳家寶》選段作為歷年為數不多的戲劇真題，對我們分析總結應對試卷 1 起到了很大的作用。這篇學生分析與上一篇（4.2《傳家寶》（一））的行文結構、分析重點都有很大的不同，向我們提供了考場上迅速起筆應對的兩種思路。

行文結構上看：上一篇文章重點解決的是"衝突是什麼"的問題，用"父子衝突""夫妻衝突"和"家庭 / 個體與社會的衝突"設置分論點，從內到外，從具體到概括，論點清晰，層次分明。再輔以基於大量文本引用的語言分析，有效地回應了引導題。這一篇文章重點解決的是“通過怎樣的對話內容和言語形式”來展示衝突，除了回答“衝突是什麼”之外，還用大力氣來回答“怎麼樣”和“效果如何”，整個文章的結構就變成了 2（2 種衝突）×2（每種衝突的 2 個特點），這對於考生在 75 分鐘內需要完成的閱讀思考起筆收結來說，顯得雄心勃勃。所以特別指出，考生在第二、五、六段中，特別清晰簡潔地點出了文章的關鍵之處，用特別清晰準確的語言完成了段落的總結和過渡，給考官的閱讀和評分帶來了極大的便利，在評估標準 A 和評估標準 C 項中，都有加分效果。

分析重點上看：此篇文章更聚焦語言特點和語言效果，對於“代溝感”“隔閡感”“情緒的反覆性”，具體場景下的語言暗示出的人物“語言習慣”都有很敏銳的理解和個性化的解讀，確保了評估標準 B 項的得分。

這是一篇分析詳盡、寫法周全的評論，非常考驗考生在有限時間內從擬定計劃開始到寫作完成的速度。把兩篇分析結合起來做一個“互文性”閱讀，相信對老師和考生都有啟發借鑒意義。

第五編　模擬練習示例

1.五月的麥地

【詩歌原文】

全世界的兄弟們

要在麥地裏擁抱

東方，南方，北方和西方

麥地裏的四兄弟，好兄弟

回顧往昔

背誦各自的詩歌

要在麥地裏擁抱

有時我孤獨一人坐下

在五月的麥地　夢想眾兄弟

看到家鄉的卵石滾滿了河灘

黃昏常存弧形的天空

讓大地上佈滿哀傷的村莊

有時我孤獨一人坐在麥地為眾兄弟背誦中國詩歌

沒有了眼睛也沒有了嘴唇

——海子，1987 年

 引 導 題

　　請評點詩中出現的一系列意象為凸顯詩作的主題起到了怎樣的
作用。

寫 作 提 示

　　☆ 根據作品字裏行間提供的信息，請在腦海裏立體呈現這一首詩歌描繪的畫面，辨識畫面中出現了怎樣的場景和哪些人物，例如："家鄉、村莊、五月的麥地、河灘、卵石、黃昏、天空、我、眾兄弟、全世界的兄弟 ……"等，這些語彙中，蘊含並提供了理解作品主題的確立和抒情趨向的關鍵要點。

　　☆ 確認這首詩的抒情主人公是誰，體察及感受其抒發的感情傾向是什麼。

　　☆ 有瞭解詩人海子背景的同學，可以聯繫其作為農民兒子及自幼熟悉並熱愛農村生活的特定身份與文化特徵，就其與詩作的主題指向和慣用手法之間的關聯，作出解讀和發揮。

2. 童年

【詩歌原文】

只有濃霧

從深淵升起

有熟悉的面孔

笑的、哭的、愁苦的、歡樂的

記憶伸出它的長臂

捕捉

霧在改變形態

面孔在凹凸鏡中變形

一個聲音在深谷中說道:

捉住它,它能使你恍然大悟

但還是朦朧的好

童年是一隻無言的黑天鵝

在秋天的湖裏浮漂

然後起飛,忽扇著翅膀

永遠不會回來

你又失去一次機會

認識自己。

——鄭敏,1993 年

引導題

請評點詩人是如何通過精心選擇的系列意象，刻畫出童年所具備的特質的。

 寫作提示

☆ 作品的篇名提示了詩中聚焦的發人深省的一份有意義的回望，請認真體味並說出詩人是帶著一種怎樣的情感來描繪心中的童年的。

☆ 請思考並評點詩作中選用這一組出現在長短參差的詩句中看似互不相關的物象，彼此之間是如何互為關聯的。

☆ 抒寫童年的詩作眾多，如有可引發互文聯想的他作，不妨引述做一番比較。

3. 老人和鷹

【小說原文】

　　老人住進城裏後很不習慣，坐不是站不是，每天都不自在。一天，老人便拿了鋤頭，去樓下開荒栽菜。鋤頭是老人從鄉下帶來的，但老人才在小區一塊空地上挖了幾鋤，就被兒子看見了，兒子說："你做什麼？"

　　老人說："這塊地荒著，我想栽些菜。"

　　兒子說："你以為這是鄉下呀？"

　　老人說："那我回鄉下去。"

　　兒子說："我們鄉下已被拆遷了，那兒現在是工業園區，你還回得去？"

　　老人何嘗不知道這些，一想到鄉下被開發了，老人就神思恍惚。老人說："城裏什麼都不好，不像我們鄉下，能栽菜，養豬養雞，鄉下空氣也好，我們鄉下有各種各樣的鳥，天上還飛著鷹。"的確，老人經常在鄉下看見天上飛著鷹。老人總坐在門口，抬著頭看，看鷹在天上盤旋。看久了，老人的心便跟著鷹去了，也在天上盤旋，自由自在。到城裏後，老人也經常抬頭，但很多時候，連一隻麻雀也看不到。

　　老人歎起來了。

　　過後，老人還是不自在了，每天都快快不樂的。這樣不開心，老人就出問題了，老人後來病了，住院了。等老人從醫院出來，老人似乎更老了，走路都不穩。兒子當然很急，每天都開導老人，老人就是開心不了。

　　這天，兒子帶老人去河邊。快到河邊時，老人忽然看到天上有鷹。看到鷹，老人有些高興，老人跟兒子說："你看到鷹麼，在天上飛。"

　　兒子說："看到了。"

　　老人說："沒想到城裏也有鷹，它是從我們鄉下飛來的吧？"

　　兒子說："大概是吧。"

那時候是傍晚了，老人一直在那兒看著，直到天黑。

老人住的小區其實離河不遠，老人為了看到鷹，第二天自己去河邊了。還沒到河邊，老人就看到鷹了，不是一隻，是好幾隻。那些鷹一會兒在天上盤旋，一會兒往下俯衝。老人不走了，坐在路邊的凳子上，一直抬頭看著。

一個孩子，蹦蹦跳跳地過來。看見老人後，孩子停住了，孩子說："爺爺，你在看什麼呢？"

老人說："看鷹在天上飛。"

孩子說："那不是鷹，那是風箏。"

老人說："胡說，風箏我還看不出來呀，那就是鷹。"

孩子說："我沒胡說，那就是風箏，不信，到河邊去看。"

老人真去了河邊，近了，老人果然看見幾個人在放風箏。幾個人也是老人，但他們很矯健，在河邊跑來跑去，把像鷹的風箏放得跟真的一樣。

老人後來走到了他們中間，老人說："我以為是真的鷹在天上飛哩。"

一個老人說："好多人都這麼說。"

老人又說："你們怎麼能把風箏放得這麼好？"

一個老人說："你也能。"

老人說："我也能？"

一個老人說："真的能，只要天天放，就能讓你的鷹也飛在天上。"

老人這天真買了風箏，也是那種像鷹的風箏。

那幾個老人，教老人放，但老人還是不會。老人有些灰心了，幾個老人安慰他："慢慢來，我們以前也是這樣的。"

老人點點頭。

老人後來天天到河邊去放風箏，老人開始走得很慢，慢慢地，老人就能走快了。再後，老人也能跑了。老人的風箏或者說老人想放飛的鷹開始飛不起來，多放了幾次，鷹就飛起來了。到後來，老人也可以讓他的鷹在天上盤旋或往下俯衝。看著頭頂上的鷹飛來飛去，老人覺得開心。

一天，老人把鷹放飛在天上時，忽然來了幾隻真的鷹，幾隻鷹都是老人的鷹引來的。老人看見了那幾隻鷹，老人以為是同伴放的，但不是，他們還沒開始放。那幾個老人，也看見了幾隻真的鷹，他們跟老人說："你的鷹引來了真的鷹了。"

老人說："是真的鷹嗎？"

他們說："是真的！"

老人說："肯定是我們鄉下的鷹飛來了。"

老人說著，笑了。笑著時，老人一顆心跟了鷹去，也在天上盤旋，自由自在。

——劉國芳，2011 年

引 導 題

小說如何通過塑造一位特別的"老人"形象，進而真實反映出時代變化的哪些特徵？

寫 作 提 示

☆ 寫作時需首先關注故事中呈現的時代文化背景，這跟作者力圖表達的觀點和形成的交流直接有關。

☆ 故事中為（如）何推出"鷹"的形象？有何象徵含義？對於老人和鷹之間的關係，我們該作怎樣的解讀和闡釋？

4.一個玩笑

　　夏天的一個午後，張一找到王二說："生活真無聊。"那時，王二剛從廚房出來，在短褲上蹭著濕漉漉的雙手，打了個哈欠說："無聊。每頓飯後都得我刷鍋洗碗。"他攤開手給張一看。張一說："都一樣。只不過我每頓做飯。"他也把他指縫裏沒剔乾淨的麵糊伸給王二看。

　　王二說："從今天開始我不下棋了，要睡午覺。"

　　張一說："我不是來下棋的。"

　　王二說："那什麼事？"

　　"咱們製造點事情，開一個玩笑。"

　　"咱倆？"

　　"其實是開眾人的玩笑。"

　　"我不懂。"王二說。

　　"咱倆吵一架。"張一說。

　　"吵架？"王二說，"沒意思。又不是五十歲的老婆娘，吵什麼吵？"

　　"有意思，絕對有意思。"張一很有把握地說，"咱們引個頭，讓起碼半棟樓的人都吵起來。"

　　王二不感興趣，伸了伸腰桿說："可我實在想睡一覺。"

　　"對，"張一看著王二說，"這就是咱們這個玩笑的先決條件。如果是傍晚那就沒什麼意思了。人們可以丟開電視，會像看猴子一樣看咱們吵。但現在是夏天的午後，誰都昏昏欲睡的，情況就完全不一樣了。

　　王二說："打擾別人午休，未免太損了。"

　　"你可以這麼認為。"張一說，"我注意過生活中的許多事情，隨著事件的演進，最後都南轅北轍地偏離了本題。人們很認真地做著，卻不明白自己在做什麼。而且，結果常常出乎人們的意料。咱們馬上就可以得到驗證。"

王二終於被張一的高論說動，答應了張一。張一臨出門時叮嚀說："老弟，你可要跟真的一樣啊。"王二點頭。張一跟著拖鞋，叭沓叭沓上了他家的三樓。

不一會兒，張一站到了自家的陽台上，手提水桶往下滴水。他看準王二新買的自行車，朝下邊澆。唰唰———唰唰———

王二已經出屋站在樓下的空地上。王二說："喂，三樓的，你沒看見水滴到自行車上了嗎？"張一起初想笑，但硬憋住了。他用極嚴肅的語調回敬說："喂，那你沒有看見陽台上一直在澆水嗎？"

王二說："我自行車先放在底下的。"

張一說："我不管你先放不先放，我從自己陽台上澆水。"

王二腦袋裏"蹭"地蹦了一下，他覺得他真的冒火了。他心疼他的新車子。他忍不住。他放粗嗓門說：

"你澆水得長眼窩。"

張一輕輕"噫"了一聲，也提高調子說：

"你瞎了眼窩才看不見上邊淌水不淌水！"

"你嘴放乾淨些！"

"你從來就沒有刷過嘴！"

張一的老婆和王二的老婆並不知情，兩家關係本來處得不錯，可她們看見各自的男人吵得那麼上勁，也就不假思索地參加上了。於是，一個向上指，一個往下戳，揮胳膊吐唾沫，把過去兩家交往中的許多雞毛蒜皮的事情也抖落出來了。

盛夏午後的空氣很燥熱，天空中連一隻鳥也沒有。樓裏的居民們都處在一種昏睡狀態之中。夾在中間二樓的李三那時正要入睡，突然被這吵聲打擾，睡意全消，心中便十分惱火，爬起來，衝外頭喊道：

"吵什麼吵什麼？有精神到馬路上吵去！到野地裏吵去！"

住在同一棟樓的趙四，本已討厭張一王二吵架，但並不打算發話制止，他想他們吵一陣，吵得沒意思了自然也就不吵了，可這李三偏偏多事，插進來胡嚷亂喊什麼？趙四不禁來了氣，下床趿上鞋，站在陽台上說：

"都別吵了！講一點公德好不好？大家都在睡午覺！"

孫五住得離張一王二遠一些，他本能鬧中取靜，吵聲並不能影響他睡覺。可趙四跟他毗鄰，聲音又猛，著實嚇了他一跳，使他不能不上氣。孫五就開了陽台紗門，粗喉嚨大嗓門說：

"你們都閉了嘴！有什麼可吵來吵去的！"

趙四聽出這話明顯是衝著他的，扭臉說：

"怪了！你跟我吵什麼你？"

對面樓上的錢六被眾多的吵聲弄得心煩意亂，從床上探頭窗外說：

"你們怎麼搞的？沒有一點修養！你們不睡別人還想睡！"

楊七和錢六隔壁，楊七這陣子正跟老婆慪氣，由不得不遷怒，敲打著窗戶說：

"還有完沒完？沒完沒了是不是要吵死才罷休！"

黃八早就不耐煩了，用手攏成喇叭，貼在嘴邊說：

"好了好了！從現在起就都別吵了！"

馬九立即接茬說："那你還在嚷什麼？"

……

張一王二和他們的老婆早已進屋上床，他們聽著別人津津有味、認認真真地爭吵的時候，他們自己也並不心平氣和，他們甚至為吵架感到肚子裏很脹氣。而且，他們忽略了一種聲音。其實那聲音很淒慘尖厲的。但是，他們卻忽略了。王二躺在床上，正憤然地思索著張一說過的話，忽然聽見敲門聲。門外站著劉十。

劉十雙拳緊捏，怒目圓睜。劉十說：

"都是你媽的你！吵是從你這兒開的頭，害得我老婆奔向陽台去看，摔了一跤，小產了。你！"

"開什麼玩笑？"王二說。

"誰跟你開玩笑？"劉十說，掄圓了粗長的胳膊朝王二的鼻樑砸去。劉十是個體育愛好者，下拳極狠，當下打歪了王二的鼻樑骨。

王二敲張一的門。王二一手捂著歪鼻，對張一說：

"你！"

張一說："你開什麼玩笑？"

"誰跟你開玩笑？"王二說，另一隻手擊出一拳，打在張一的左眼上。他們確實都沒有開玩笑。

——黃建國，2003 年

引導題

作品通篇幾乎全由人物之間的對話來完成，這種寫法給作品帶來了怎樣的風格特色？

寫作提示

☆ 請梳理故事發生和發展的前因後果，並關注整個故事的起因和社會現實環境間的關係，準確體會作者寫成這一故事的目的用意，以及蘊含其中的特定創作傾向。

☆ 評點故事中鮮活生動的人物語言，講明其對於凸顯神態各異、富含喜劇或鬧劇色彩的人物群像起了怎樣的作用。

☆ 請思考：為什麼說這篇小說是富有濃郁都市寓言風格、體現創意性的作品？

☆ 請特別注意：此選篇和歷年小說選文（聚焦個體形象）有所不同，人物群像的展示頗具代表性，分析時要關注此方面。

5. 珍寶的灰燼

【散文原文】

我在子固路上走著時，遠遠看見兩個人，手牽著手過來。那略微走前一步的女人，和我已過花甲之年的母親年紀應該差不多。身材是鬆垮了，臉上倒還沒有完全皺紋密佈，她的五官還是清清爽爽的，年輕時的端莊與美依然有跡可尋。

但是她的一頭頭髮已經灰白了，那種白還不是像高山白雪，刺人眼目；而是像剛熄滅的爐中灰燼，柔和而又暗淡地堆積在她那張仁慈的臉的上部。

她一手牽著的那個人，總有一米七十以上了。他挪移著，腳步遲緩，像始終不肯去上學的孩子。有時他手上抓一包"旺旺"或者"浪味仙"，都是幼兒食品。他走幾步，停下來，把塑料袋子往嘴巴裏倒一倒。袋子已經放下來了，他的嘴還仰天張開著，像一尾貪玩的魚，不肯回到水裏去。

她便駐足等著，回頭以目光查詢。她的目光，她的身體姿勢都表明，她這樣的等，已經有一輩子那麼久了。

我慢慢經過他們身邊。他的長相是人們早已熟悉的那種，胖腮幫子直往下塌，小眼睛瞇瞇的，眼神散著，沒有光，一看就不對。他的動作直而僵，並不比木偶靈活。明明是天生如此，卻像故意在搞笑。

你知道了：他是一個智障者。

一個介乎男人和男孩之間的人。

她的兒子。

……

有段時間，他總是背著一隻孩子氣十足的雙肩包，包上面印著卡通米老鼠。

母親看著他時，眼神有一瞬間是年輕且燦爛的，就像開學第一天，一個三十歲的母親送七歲的兒子去報到。

雖然很快地，她的眼神又恢復了無語。就像一堆燒過的炭灰裏，爆出幾顆紅火星的短暫，就像一個乞丐的美夢，醒來後的蒼涼，我還是感覺到了，對於這個母親來說，一個兒子，永遠是她的天使——一個需要牽手散步、永遠無法長大、令她心碎的天使。

如此說來，他們是彼此的天使。

……

對於我來說，母親曾經有過歡笑如春天的時光嗎？她曾期望過她的愛會得到愛的回報嗎？她的心裏，是否也曾詛咒命運的不公，讓她滿頭秀髮無聲息地就化作了灰燼的故鄉？

她和他的名字，她和他的年齡，她和他的故事，都是怎樣的？

在子固路上，我不知道，還有沒有比這些問題，更能讓我一次次心緒難平的事情。我的目光偷偷追隨他們，甚至有幾次我想跟著看看他們住在哪裏，他們的家究竟是怎樣——然而我終於遏制了自己。

我還非常地想聽見一次他們母子的對話。就像一個生活的錄音師，我狂熱地想捕捉他們的、一切屬於小人物的聲音，哪怕簡短到只有"好嗎？""好"這樣的幾個字——卻從來沒有聽見過。

他們為什麼不發出一點聲音呢？哪怕就像那些音質低劣卻時時不忘以卡拉OK自娛自樂的人們。

他們只是竭盡全力地安靜著。就像兩張緊連著的紙片，留在一本大書裏；就像兩枚連體的樹葉，待在一棵巨樹叢中。

也許所有的大愛，就是這樣無言無語。

夏天的早晨，我走路上班，經過佑民寺。拜廟的人明顯比平時多。一個賣香的老婦對我說："買把香吧。今天是觀音老母的生日。"

一個熟悉的身影被我發現了。在密集的人群裏，這個永遠牽著兒子手的母親，今天她的手裏握著三根巨大的香燭。

她的背影肅穆得就像是只有她一個人，她是一個人站立在空闊的原野上，站在離上蒼那些能夠洞察人世苦難並可解救他們的菩薩最近的地方。

我看見她深拜下去。倒身下拜的時刻，她灰燼般的白髮緩緩飄垂，我想起茨維塔耶娃的那幾句詩：

灰白的頭髮，

這是珍寶的灰燼：

喪失和委屈的灰燼。

這是灰燼，在它們面前，

花崗岩變成塵土。

生活的火焰並不能夠總是燃燒得旺盛與鮮艷。尤其對於小人物而言，更多的時候，它是灰燼的代價和化身。然而，當你於灰燼裏埋頭尋找，塵灰撲面嗆人的剎那，你能發現的，總有一塊心一樣形狀的鑽石或珍寶，讓你怦然心動。

—— 王曉莉

引導題

請評點"我"在文中的出現，對於形成作品整體的篇章架構並凸顯主題而言，作用何在。

寫作提示

☆ 請思考並講明作品中所記敘的再普通且平凡不過的人與事，其價值和意義何在；為何值得我們去關注。

☆ 評述文中由"我"串聯而起的不同時空中的場景片段和文末外籍名家小詩的加入，對形成作品溫婉沉靜又不失凝重厚實的敘事抒情風格，起到了什麼效用。

☆ 古往今來，抒寫親情的作品精彩紛呈，如有可引發互文聯想的他作，不妨引述做一番比較，可增加及突出對此作評點的寬度和力度。

【散文原文】

　　寧坤要我給他畫一張畫，要有昆明的特點。我想了一些時候，畫了一幅：右上角畫了一片倒掛著的濃綠的仙人掌，末端開出一朵金黃色的花；左下畫了幾朵青頭菌和牛肝菌。題了這樣幾行字：

　　"昆明人家常於門頭掛仙人掌一片以闢邪，仙人掌懸空倒掛，尚能存活開花。於此可見仙人掌生命之頑強，亦可見昆明雨季空氣之濕潤。雨季則有青頭菌、牛肝菌，味極鮮腴。"

　　我想念昆明的雨。

　　我以前不知道有所謂雨季。"雨季"，是到昆明以後才有了具體感受的。

　　我不記得昆明的雨季有多長，從幾月到幾月，好像是相當長的。但是並不使人厭煩。因為是下下停停、停停下下，不是連綿不斷，下起來沒完。而且並不使人氣悶。我覺得昆明雨季氣壓不低，人很舒服。

　　昆明的雨季是明亮的、豐滿的，使人動情的。城春草木深，孟夏草木長。昆明的雨季，是濃綠的。草木的枝葉裏的水分都到了飽和狀態，顯示出過分的、近於誇張的旺盛。

　　我的那張畫是寫實的。我確實親眼看見過倒掛著還能開花的仙人掌。舊日昆明人家門頭上用以闢邪的多是這樣一些東西：一面小鏡子，周圍畫著八卦，下面便是一片仙人掌 —— 在仙人掌上扎一個洞，用麻線穿了，掛在釘子上。昆明仙人掌多，且極肥大。有些人家在菜園的周圍種了一圈仙人掌以代替籬笆 —— 種了仙人掌，豬羊便不敢進園吃菜了。仙人掌有刺，豬和羊怕扎。

　　昆明菌子極多。雨季逛菜市場，隨時可以看到各種菌子。最多，也最便宜的是牛肝菌。牛肝菌下來的時候，家家飯館賣炒牛肝菌，連西南聯大食堂的桌子上都可以有一碗。牛肝菌色如牛肝，滑，嫩，鮮，香，很好吃。炒牛肝菌須多放蒜，否則容易使人暈倒。青頭菌比牛肝菌略貴。這種菌子炒熟了也還是淺綠色的，格調比牛肝菌高。菌中之王是雞樅，味道鮮濃，無可方比。雞樅是名貴的山珍，但並不真的貴得驚人。一盤紅燒雞樅的價錢和一碗黃燜雞不相上下，因為這東西在雲南並不難得。有一個笑話：有人從昆明坐火車到呈貢，在車上看到地上有一棵雞樅，他跳下去把雞樅撿了，緊趕兩步，還能爬上火車。這笑話用意在說明昆明到呈貢的火車之慢，但也說明雞樅隨處可見。有一種菌子，中吃不中看，叫作乾巴菌。乍一看那樣子，真叫人懷疑：這種東西也能吃？！顏色深褐帶綠，有點像一堆半乾的牛糞或一個被踩破了的馬蜂窩。裏頭還有許多草莖、松毛，亂七八糟！可是下點功夫，把草莖松毛擇淨，撕成蟹腿肉粗細的絲，和青辣椒同炒，入口便會使你張目結舌：這東西這麼好吃？！還有一種菌子，中看不中吃，叫雞油菌。都是一般大小，有一塊銀圓那樣大的溜圓，顏色淺黃，恰似雞油一樣。這種菌子只能做菜時配色用，沒甚味道。

雨季的果子，是楊梅。賣楊梅的都是苗族女孩子，戴一頂小花帽子，穿著扳尖的繡了滿幫花的鞋，坐在人家階石的一角，不時吆喚一聲"賣楊梅——"，聲音嬌嬌的。她們的聲音使得昆明雨季的空氣更加柔和了。昆明的楊梅很大，有一個乒乓球那樣大，顏色黑紅黑紅的，叫作"火炭梅"。這個名字起得真好，真是像一球燒得熾紅的火炭！一點都不酸！我吃過蘇州洞庭山的楊梅、井岡山的楊梅，好像都比不上昆明的火炭梅。

雨季的花是緬桂花。緬桂花即白蘭花，北京叫作"把兒蘭"（這個名字真不好聽）。雲南把這種花叫作緬桂花，可能最初這種花是從緬甸傳入的，而花的香味又有點像桂花，其實這跟桂花實在沒有什麼關係。不過話又說回來，別處叫它白蘭、把兒蘭，它和蘭花也挨不上呀，也不過是因為它很香，香得像蘭花。我在家鄉看到的白蘭多是一人高，昆明的緬桂是大樹！我在若園巷二號住過，院裏有一棵大緬桂，密密的葉子，把四周房間都映綠了。緬桂盛開的時候，房東（是一個五十多歲的寡婦）就和她的一個養女，搭了梯子上去摘，每天要摘下來好些，拿到花市上去賣。她大概是怕房客們亂摘她的花，時常給各家送去一些。有時送來一個七寸盤子，裏面擺得滿滿的緬桂花！帶著雨珠的緬桂花使我的心軟軟的，不是懷人，不是思鄉。

雨，有時是會引起人一點淡淡的鄉愁的。李商隱的《夜雨寄北》是為許多久客的遊子而寫的。我有一天在積雨少住的早晨和德熙從聯大新校舍到蓮花池去。看了池裏的滿池清水，看了作比丘尼裝的陳圓圓的石像（傳說陳圓圓隨吳三桂到雲南後出家，暮年投蓮花池而死），雨又下起來了。蓮花池邊有一條小街，有一個小酒店，我們走進去，要了一碟豬頭肉，半市斤酒（裝在上了綠釉的土磁杯裏），坐了下來。雨下大了。酒店有幾隻雞，都把腦袋反插在翅膀下面，一隻腳著地，一動也不動地在簷下站著。酒店院子裏有一架大木香花。昆明木香花很多。有的小河沿岸都是木香。但是這樣大的木香卻不多見。一棵木香，爬在架上，把院子遮得嚴嚴的。密匝匝的細碎的綠葉，數不清的半開的白花和飽脹的花骨朵，都被雨水淋得濕透了。我們走不了，就這樣一直坐到午後。四十年後，我還忘不了那天的情味，寫了一首詩：

　　蓮花池外少行人，
　　野店苔痕一寸深。
　　濁酒一杯天過午，
　　木香花濕雨沉沉。
　　我想念昆明的雨。

—— 汪曾祺，1984 年

引導題

　　作者如何在文中以"雨"作為線索，為獨具韻味的昆明描繪了一幅生動的畫像？

寫作提示

　　☆ 請細心感受和體察作者通過此文娓娓述說內心四十年揮之不去的是一種怎樣的情感，這種情感的意義和價值何在。

　　☆ 請梳理以"雨"為線索貫穿而起的一系列人、事、景、物，評說其各自為完成文中的抒情，發揮了怎樣的功能和效用。

　　☆ 評析全文線索的貫穿，少不了論及作品的篇章架構特色，請注意本文頭、尾段別出心裁精美設計的寫法及作用。

7.老夫妻

【戲劇原文】

外面的大雷雨漸漸止住了。有一個老太婆,在灶間內燙衣服。他的丈夫,渾身淋著水,自外面走進。

老太婆　哪,我曉得你又忘記了。

老太公　忘記了什麼?

老太婆　忘記了什麼?你須問你自己,我哪裏知道?

老太公　哦!我記得了。你不是說那塊雞蛋糕嗎?

老太婆　不是它又是什麼?

老太公　你看哪!我兩隻手裝得這樣滿滿的,哪裏再能把它帶回來?

老太婆　很好,晚餐的時候你可不要咕嚕就是了。

　　　　[老太公走進臥房,換濕衣。]

老太婆　(對著臥房高聲說)你換了衣服,立刻就去把那扇門釘好罷!

老太公　(口中咕嚕著向外面走去)大概我終年終日,總是不應該有一刻兒休息的。

老太婆　不錯不錯,這句話是我常常對自己說的。我說:"我自從嫁了這個亨利華倫,簡直可以說沒有休息過一天。一家八口,燒洗縫補,哪一件不是我一人做的?"現在孩子們都大了,他們也不要我了……

　　　　[一個隔壁的寡婦進來,向老太婆借報紙,忽見她怒容滿面。]

寡　婦　華倫太太,今天又有什麼事不稱心了?

老太婆　(指著籃中未燙的衣服)你看!

寡　婦　但是,多燙一件衣服,就是說你家中多有一個人!像我這樣……

　　　　[老太公口中噓著氣,自外面走進,忽然看見寡婦。]

老太公　陶林太太，你來得正好。今天我妻子不知又吃了什麼不消化的東西，她正在發氣哩。

寡　婦　（站了起來且笑且歎氣）好了好了，華倫太太，我丈夫沒有死的時候，我也常常如此。現在我想起從前我們兩口兒嘔氣的情形，覺得已經和在天上一樣，更不要說起我們說笑快樂的情形了。

　　　　[寡婦取了報紙自去。]

老太公　愛娜，我們該用晚餐了。

老太婆　（放下熨斗，一面解圍裙，一面說）好好，我也餓了。

　　　　[老太婆取出了晚餐，老太公幫助她把它擺好了，兩個人坐下來吃著。]

老太婆　啊呀！你的鞋襪都濕了，還不快去換掉，當心明天又要生病。

老太公　好的，好的，我吃完了這樣菜便去換。

　　　　[老太公走進臥房去換鞋。]

　　　　[老太婆取出了一塊蘋果做的點心，放在老太公的座位面前。]

老太公　（自房中走出看見點心）這是哪裏來的？

老太婆　這是我今天為了你做的。

老太公　愛娜，你可記得三十多年前的那一天，我到你家裏去看你，你把這個點心給我吃的情形嗎？

老太婆　怎麼不記得？那天你還差不多把碟子都吃了下去呢！

老太公　（且吃點心且說）這個點心也和那天的差不多；不過碟子是我自己的，我卻捨不得把它吃下去！

　　　　[老太公說著，兩個人忍不住，都笑起來了。]

——陳衡哲，《新青年》第五卷第四號，1918 年 10 月 15 日

 引導題

請分析評點戲劇衝突在此短劇中的設置及其作用。

154

寫 作 提 示

　　☆ 短劇中的場景設定在同一處，其是否具備典型性及如何彰顯出此作的思想意義？

　　☆ 作者安排了第三位人物寡婦的出現，用意何在？

　　☆ 在這一場景中，作者如何表現出這一對老夫妻之間相處氛圍和彼此態度的變化？這與"戲劇衝突"的定義之間如何產生關聯？

視覺形象設計	靳劉高創意策略
責任編輯	郭　楊
書籍設計	吳冠曼
排　版	楊　錄

書　　名	DP 中文 A 文學課程試卷 1 文學分析優秀範文點評（第二版）（繁體版）
	DP Chinese A Literature Course Paper 1 Guided Literary Analysis **Exemplary Essays with Personalised Comments** (2nd Edition) (Traditional Character Version)
編　　著	李萍　蘇媛　彭振
出　　版	三聯書店（香港）有限公司 香港北角英皇道 499 號北角工業大廈 20 樓
香港發行	香港聯合書刊物流有限公司 香港新界荃灣德士古道 220-248 號 16 樓
印　　刷	美雅印刷製本有限公司 香港九龍觀塘榮業街 6 號 4 樓 A 室
版　　次	2015 年 6 月香港第一版第一次印刷 2023 年 3 月香港第二版第一次印刷
規　　格	大 16 開（215 × 278 mm）160 面
國際書號	ISBN 978-962-04-5142-3

© 2015, 2023 Joint Publishing (H.K.) Co., Ltd.

Published & Printed in Hong Kong, China.

封面圖片 © 2023 站酷海洛